太宰治

人間失格

筑摩書房

인간 실격

다자이 오사무 지음 | 김소영 옮김

더스토리

| 차례 |

서문

나는 그 남자의 사진을 석 장 본 적이 있다.

한 장은 그 남자의 유년 시절이라고 해야 하나, 열 살 전후로 보이는 사진인데, 그 아이가 많은 여자들에게 둘러싸여(아마도 아이의 누나, 동생 그리고 사촌 들이 아닌가 싶다) 굵은 줄무늬 하카마*를 입고 정원의 연못가에 서서 고개를 삼십 도 정도 왼쪽으로 갸웃한 채 흉하게 웃고 있는 사진이다. 흉하게? 둔감한 사람들(다시 말해서 아름다움과 추함에 관심 없는 사람들)이 심드렁한

* 기모노 위에 치마처럼 덧입는 정장 하의다.

얼굴로 "귀엽게 생겼네요" 하고 적당히 입에 발린 소리를 해도 딱히 틀린 소리는 아니게 들릴 정도의, 말하자면 통속적인 '귀여움'의 흔적이 그 아이 얼굴에 전혀 없다고는 할 수 없다. 하지만 아름다움과 추함을 알아보는 눈이 조금이라도 있는 사람이라면 보자마자 대뜸 "정말 찜찜한 애네" 하고 몹시 불쾌한 듯 중얼거리고는 송충이라도 털어내듯이 그 사진을 팽개칠지도 모른다.

정말이지 그 아이의 웃는 얼굴은 곰곰이 뜯어보면 볼수록 어딘지 모르게 꺼림칙하고 섬뜩한 느낌을 준다. 애초에 이건 웃는 얼굴이 아니다. 이 아이는 전혀 웃고 있지 않다. 아이가 두 주먹을 불끈 쥐고 있는 게 그 증거다. 사람은 이렇게 주먹을 불끈 쥐며 웃을 수는 없는 법이다. 원숭이다. 원숭이가 웃는 얼굴이다. 그저 얼굴에 흉한 주름을 잡고 있을 뿐이다. '얼굴이 쪼글쪼글한 꼬마'라는 표현이 딱 좋겠다 싶은, 정말이지 기묘하고 혐오스러운, 이상하게 사람을 역겹게 만드는 표정의 사진이었다. 나는 이렇게 희한한 표정의 아이는 살면서 처음 봤다.

두 번째 사진의 얼굴은 깜짝 놀랄 만큼 기막히게 바

꿔어 있었다. 학생 때다. 고등학교 때인지 대학교 때인지 분명하진 않은데 좌우지간 엄청난 미남이다. 하지만 이 역시 신기하게도 살아 있는 사람이라는 느낌은 들지 않는다. 가슴팍의 호주머니에 하얀 손수건을 꽂은 교복 차림으로 등나무 의자에 다리를 꼬고 앉아서는 이번에도 역시 웃고 있다. 이번 사진에서는 쪼그랑 원숭이의 웃음이 아닌 제법 기술적인 웃음을 짓고 있기는 한데, 어딘가 인간의 웃음과는 다르다. 피의 무게라고 하나, 생명의 깊은 맛이라고 하나, 그런 충실감은 티끌만치도 없이 그야말로 새처럼, 아니 깃털처럼 가볍게, 그저 백지 한 장처럼 그렇게 웃고 있다. 한마디로 머리끝에서 발끝까지 가식적인 느낌이다. 겉멋이 들었다는 말로도 부족하다. 경박하다는 말로도 부족하다. 기생오라비 같다는 말로도 부족하다. 멋쟁이라는 말로도 물론 부족하다. 더군다나 가만 뜯어보면 역시 이 미모의 학생한테서도 어딘가 괴기스러운 섬뜩한 기운이 느껴진다. 나는 이렇게 희한한 미모의 청년은 살면서 처음 봤다.

나머지 한 장의 사진이 가장 기괴하다. 이건 아예 나이를 짐작할 수가 없다. 머리는 희끗하게 센 것처럼 보인다. 지독히도 지저분한 방(벽 세 군데가 내려앉은 게 사진에 선명하게 찍혀 있다) 한구석에서 작은 화로에 손을 쬐고 있는데, 이번에는 웃고 있지 않다. 아무 표정이 없다. 말하자면 앉아서 화롯불에 두 손을 쬐는 자세로 자연스럽게 죽은 것 같은, 정말이지 소름 끼치고 불길한 기운을 뿜어내는 사진이었다. 기괴한 건 그뿐만이 아니다. 이 사진에는 얼굴이 꽤 크게 찍혀 있어서 생김새를 찬찬히 살펴볼 수 있었는데, 이마도 평범하고 이마의 주름도 평범하고 눈썹도 평범하고 눈도 평범하고 코도 입도 턱도 평범한 게, 하아, 이 얼굴에는 표정만 없는 게 아니라 인상이라는 것 자체가 없다! 특징이 없다는 소리다. 예를 들어, 내가 이 사진을 보다가 눈을 감는다고 치자. 나는 그새 이 얼굴을 잊어버린다. 벽이나 작은 화로는 생각나는데 정작 그 방주인의 인상은 안개처럼 흔적도 없이 사라져버려 도무지 생각나지 않는다. 그림이 되지 않는 얼굴이다. 만화도 뭣도 되지 않는 얼굴이다. 눈을 뜬다. 맞다, 이런 얼굴이었지, 이제 생각나네, 하는 기쁨조차 없다. 극단적으로 말하자면 눈을 뜨고 다시 그 사진을 들여다봐도 생각나지 않을 지경이다. 그저 불쾌하고 짜증스럽게 느껴져 그만 외면하고 싶어진다.

이른바 '죽을상'이라는 얼굴에도 이보다는 표정이라든가 인상이라는 게 있을 텐데. 사람의 몸에 노새의 모가지를 붙여 놓으면 이런 느낌이려나. 하여간 어디가 어떻다고 딱 꼬집어 말하기는 힘들지만 보는 사람을 오싹하게 하고 기분 나쁘게 만든다. 나는 이렇게 희한한 얼굴의 남자도 역시, 살면서 처음 봤다.

첫 번째 수기

참 부끄러운 생애를 보내왔습니다.

저는 인간의 삶이라는 걸 도무지 모르겠습니다.

도호쿠 지방의 시골 마을에서 태어났기 때문에 기차를 처음 본 건 제법 성장한 뒤였습니다. 정거장의 육교를 줄곧 오르내리면서도 그게 선로를 건너기 위해 만들어진 것인 줄은 꿈에도 모르고, 순전히 정거장 구내를 외국의 오락장처럼 복잡하고 재미나게, 최신식으로 하려고 설치한 줄로만 알았습니다. 그것도 꽤 오랫동안 그렇게 믿었습니다. 육교를 오르락내리락하는 일이 제게는 퍽 세련된 오락거리였기에 철도 서비스 중에서도 가장 감각 있는 서비스의 하나라고 생각했는데, 한참 뒤 그것이 여행객들의 선로 횡단을 위해 만든 지극히 실용적인 계단에 불과하다는 사실을 알고 순식간에 흥미를 잃었습니다.

어릴 때 그림책에서 지하철이라는 것을 보았을 때도 이것 역시 실용적으로 필요해서 만들어진 것이 아니라, 땅 위를 달리는 차를 타는 것보다 땅 밑을 달리는 차를 타는 편이 더 색다르고 재미있는 놀이라서 만든 줄로만 알았습니다.

저는 어릴 때부터 몸이 약해서 자주 앓아누웠는데, 그렇게 누워 있을 때면 욧잇이니 베갯잇, 이불 홑청을 보며 참 볼품없는 장식이라고 생각했습니다. 그런데 그것들이 뜻밖에도 실용적인 물건이었음을 스무 살이 다 되어서야 알고는 인간의 알뜰함에 가슴이 갑갑해지고 서글퍼졌습니다.

또 저는 배가 고프다는 게 무엇인지 몰랐습니다. 아니, 그건 제가 의식주 걱정이 없는 풍족한 집에서 자랐다는 한심한 자랑이 아니라, '배고픔'이라는 감각이 어떤 것인지 전혀 몰랐다는 뜻입니다. 이상한 소리 같겠지만 저는 배가 고파도 그 사실을 깨닫지 못했습니다. 초등학교, 중학교 때 학교에서 돌아오면 보는 사람들마다 "얘야, 배고프지? 우리도 겪어봐서 알아. 학교 마치고 집에 오면 그렇게 배고플 수가 없었지. 아마낫토* 주랴? 카스텔라도 있고 빵도 있어" 하며 성화들인지라 저는 타고난 아부 정신을 발휘해 "아, 배고파" 하고 중얼거리며 아마낫토를 한 움큼씩 입에 집어넣었습니다만, 실은 허기진다는 게 어떤 느낌인지 전혀 알지 못했습니다.

저도 물론 먹기야 잘 먹습니다만 배가 고파서 먹었던 기억은 없습니다. 귀하다는 음식도 먹어봤고 고급스러운 음식도 먹어봤습니다. 남의 집에서 대접해주는 음식은 억지로라도 꾸역꾸역 먹었습니다. 그러다 보니 어린 시절 제가 가장 괴로웠던 시간은 바로 우리 집 식사 시간이었습니다.

고향 집에서는 열 명 남짓한 식구들이 각자의 독상을 두 줄로 마주 보게 쭉 늘어놓고 앉아서 밥을 먹었습니다. 막내인 저는 당연히 맨 아랫자리 신세였습니다.

---

* 콩, 팥, 밤 등을 삶아 설탕에 버무린 과자이다.

식사하는 방이 어두침침했기에, 점심때 열 명 넘는 식구들이 말 없이 밥만 먹는 모습을 보면 저는 늘 등골이 오싹해졌습니다. 게다가 시골의 보수적인 집안이다 보니 반찬도 늘 그게 그거였지, 별미나 비싼 음식은 기대할 수 없었습니다. 그래서 저는 점점 식사 시간이 두려워졌습니다. 그 어두침침한 방의 구석에 앉아 추위에 오들오들 떠는 심정으로 밥을 조금씩 입에 밀어 넣고 꾸역꾸역 삼키면서, 인간은 왜 하루에 세 번씩 꼬박꼬박 밥을 먹을까, 다들 참 엄숙한 표정으로 먹고 있네, 어쩌면 이것은 무슨 의식의 일종일까, 이를테면 온 식구들이 하루에 세 번씩 꼬박꼬박 시간을 정해 어두운 방에 모여 앉아 밥상을 가지런히 줄 세워 놓고 먹고 싶지도 않은 밥을 말없이 씹으며 고개를 숙인 채 집 안에 우글거리는 영혼들에게 기도를 드리는 의식인 걸까, 하는 생각도 해봤을 정도입니다.

그러니 밥을 안 먹으면 죽는다는 말은 제 귀에는 그저 듣기 싫은 위협으로만 들렸습니다. 하지만 그 미신은(지금도 제게는 미신처럼 느껴집니다) 항상 제게 불안감과 공포심을 주었습니다. 인간은 먹지 않으면 죽는다, 그러니 일해서 먹고살아야 한다, 라는 말만큼 저에게 난해하고 막연하며 또한 협박 같은 여운을 주는 말도 없었습니다.

한마디로 저는 인간의 삶이라는 것을 아직까지도 전혀 모르고 있다는 뜻이겠지요. 제가 가진 행복의 관념과 세상 사람들이 생각하는 행복의 관념이 전혀 다를지도 모른다는 불안감, 저는 그 불안감 때문에 밤마다 뒤척이며 신음했고 심지어는 미쳐버릴 뻔한 적도 있습니다. 저는 과연 행복한 걸까요? 어릴 때부터 저는 행운아라는 말을 신물이 나도록 들어왔지만, 정작 저로서는 지옥에 사는 심정이고 오히려 저를 행운아라고 하는 사람들이 저와는 비교도 안 될 만큼 안락해 보였습니다.

제게 열 가지 불행 덩어리가 있는데, 그중 하나라도 옆 사람이 짊어져본다면 그 하나만으로도 그 사람에게는 충분한 치명타가 될 것이라고 생각한 적도 있습니다.

한마디로, 모르겠는 겁니다. 주변 사람들의 고통의 성질이나 정도를 도무지 짐작조차 못하는 겁니다. 현실적인 고통, 그저 밥만 먹으면서 살 수 있다면 해결되는 고통, 그것이야말로 가장 지독한 고통이고 저의 열 가지 불행 따위를 단번에 날려버릴 정도로 처참한 아비규환의 지옥일 수도 있겠지요. 하지만, 솔직히 정말 모르겠습니다.

그렇다고 하기엔 다들 용케 자살하지 않고 미치지도 않고 정치를 논하고 절망하지 않으면서 꿋꿋이 삶의 투쟁을 계속해나가니, 전혀 고통스럽지 않은 게 아닐까요? 철저한 이기주의자가 되고는, 그게 당연한 것이라 확신해서 단 한 번도 자신을 의심해본 적이 없는 걸까요? 그렇다면 당연히 속 편하겠죠. 하긴 어쩌면 인간이란 원래 다 그런 것이고 또 그렇게 사는 게 만점짜리 인생인지도 모르죠. 모르겠습니다……. 밤에 푹 자니까 아침에 상쾌한 기분으로 일어나는 거겠죠? 다들 어떤 꿈을 꿀까요? 길을 걸을 때 뭘 생각할까요? 돈? 설마, 아무리 그래도 그 생각만 하지는 않겠지요. 인간은 먹기 위해 산다는 말은 들어봤어도 돈을 위해 산다는 이야기는 못 들어봤습니다. 아니지, 경우에 따라서는…… 아니, 모르겠습니다……. 생각하면 할수록 더 알 수가 없어져서 저만 혼자 돌연변이인 듯한 불안감과 공포심이 엄습합니다. 저는 주변 사람들과 대화도 제대로 나누지 못

합니다. 무엇을 어떻게 말해야 좋을지 모르겠으니까요.

그래서 생각해낸 게 광대 짓이었습니다.

그것은 인간을 향한 제 마지막 구애(求愛)였습니다. 저는 인간을 극도로 두려워하면서도 도저히 그들을 떨쳐낼 수는 없었던 것 같습니다. 그렇게 저는, 그 광대 짓이라는 가느다란 끈 하나로 인간과 간신히 이어질 수 있었습니다. 겉으로는 끊임없이 웃는 얼굴을 만들었지만 속으로는 필사적인, 그야말로 천 번에 한 번 성공할까 말까 할 만큼 위기일발의 진땀 나는 서비스였습니다.

저는 어릴 때부터 가족들에 대해서조차, 그들이 얼마나 힘든지 어떤 생각을 하며 사는지 도무지 알 수가 없어서 그저 두려웠고, 겉돌고 있다는 그 어색함을 견딜 수가 없어서 일찌감치 광대 짓의 선수가 되었습니다. 즉, 저는 언제부턴가 단 한마디도 진심을 이야기하지 않는 아이가 되어 있었던 겁니다.

가족과 함께 찍은 당시 사진들을 보면 다른 식구들은 죄다 진지한 표정인데, 꼭 저만 혼자 얼굴을 희한하게 뒤틀며 웃고 있습니다. 저의 유치하고 서글픈 광대 짓의 일종이었던 것이지요.

또한 저는 가족들에게 어떤 꾸중을 들어도 말대꾸라는 걸 해본 적이 없습니다. 작은 꾸지람도 제게는 청천벽력처럼 강하게 느껴져 미칠 것만 같았기 때문에, 말대꾸는커녕 그 꾸지람이야말로 대대손손 이어져온 인간의 '진리'가 분명하며 저는 그 진리를 수행할 능력이 없으니 더 이상 인간과 함께 살아갈 수 없을 거라고 단정 지어버렸습니다. 그래서 저는 말싸움도, 변명도 하지 못했습니다. 남에게 안 좋은 소리라도 들을라치면, 그래 맞아, 내가 완전히 잘못 생각하고 있었구나, 라고 여겨서 항상 잠자코 공격을 받아들이면서 내심 미칠 듯한 공포를 느꼈습니다.

누구든 남이 자신에게 비난을 하거나 화를 내면 기분이 좋을 리 없겠지만, 저는 화내고 있는 인간의 얼굴에서 사자보다도, 악어보다도, 용보다도 훨씬 무시무시한 동물의 본성을 봅니다. 평소에는 그 본성을 숨기고 있다가 어떤 빌미를 잡았다 싶으면, 이를테면 풀밭에서 유유자적 졸고 있던 소가 별안간 꼬리를 휘둘러 배에 붙은 등에를 철썩 때려죽이듯, 인간이 느닷없이 분노를 터뜨려 그 무시무시한 정체를 드러내는 모습을 목격할 때면, 저는 늘 머리털이 곤두설 정도로 벌벌 떨었고, 이 본성 또한 인간이 세상을 살아가는 자격 중 하나인지도 모른다는 생각에 제 자신한테 절망하고 맙니다.

인간이 두려워 늘 벌벌 떨면서, 인간으로서 나 자신의 말과 행동에 자신감이라고는 눈곱만큼도 갖지 못한 채, 혼자만의 번민은 가슴 깊은 곳의 작은 상자에 감춰 두고서, 그 우울함과 긴장감을 숨기고 또 숨기며 그저 천진난만하고 낙천적인 척하며 저는 점점 익살스런 괴짜로 완성되어 갔습니다.

어떻게든 좋으니 웃기기만 하면 된다. 그러면 인간들은 내가 그들의 이른바 '삶' 바깥에 있더라도 크게 신경 쓰지 않을 테니까. 무조건 인간들의 눈에 거슬려서는 안 된다. 나는 무(無)이고, 바람이고, 허공이다……. 이런 생각만 자꾸만 더해져서 저는 광대 짓으로 가족을 웃겼고, 또 가족보다 더 불가사의하고 무서운 하인이며 하녀한테까지 필사적인 광대 서비스를 했습니다.

저는 한여름에 유카타* 안에 빨간 털 스웨터를 입고 복도를 돌아다녀서 집안사람들을 웃겼습니다. 좀체 잘 웃지 않는 큰형도 그 모습을 보면 웃음을 터뜨리며 "야,

요조, 지금 때가 어느 땐데" 하고 귀여워 죽겠다는 듯이 말했습니다. 뭐, 저라고 한여름에 털 스웨터를 입고 다닐 정도로 더운지 추운지도 분간 못하는 괴짜는 아니었습니다. 누나의 토시를 양팔에 끼우고 유카타의 소맷자락 바깥으로 보이게 해서 스웨터를 입은 척한 것이지요.

아버지는 도쿄에 볼일이 많은 분이라 우에노의 사쿠라기초에 따로 집을 마련해 한 달의 태반을 그 집에서 지냈습니다. 그러다가 집에 돌아올 때면 가족은 물론 친척한테 줄 것까지 정말이지 엄청나게 많은 선물을 사 들고 오는 것이, 말하자면 아버지의 취미 비슷한 것이었습니다.

언제던가 도쿄에 가시기 전날 밤, 아버지는 사랑방에 아이들을 모아 놓고 이번에 돌아올 때 어떤 선물을 사 왔으면 하는지 한 사람, 한 사람에게 웃으며 묻고는 아이들의 대답을 일일이 수첩에 받아 적었습니다. 아버지가 아이들을 이리 살갑게 대하는 것은 드문 일이었습니다.

"요조는?"

---

* 목욕 후에 걸치거나 여름철에 평상복으로 입는 일본식 가운이다.

그렇게 물었을 때, 저는 말문이 막혀 우물거리고 말았습니다.

저는 뭘 갖고 싶으냐는 질문을 받으면 순간 아무것도 갖고 싶지 않게 됩니다. 뭐든 무슨 상관이야, 어차피 날 기쁘게 해줄 수 있는 건 아무것도 없는데, 하는 생각이 꿈틀거리는 겁니다. 그런가 하면 남이 주는 선물은 아무리 제 취향에 맞지 않는 것이라 해도 거절하지 못했습니다. 싫은 걸 싫다고 말하지 못하고, 좋은 것도 흠칫흠칫 남의 것을 도둑질이라도 하는 양 지독히도 씁쓸하게 음미하니, 어떤 경우에도 말로 표현하지 못할 공포감에 몸부림칩니다. 저는 둘 중에서 하나를 고르는 능력조차 없는 것이지요! 이것이 훗날의 이른바 '참 부끄러운 생애'의 중대한 원인이 된 성격 중 하나였던 것 같습니다.

제가 말없이 머뭇거리고 있자 아버지는 언짢은 표정으로 말씀하셨습니다.

"또 책이냐? 아사쿠사에 있는 절 앞 상점가에서 아이들이 쓰고 사자춤 놀이를 하기에 딱 좋은 크기의 사자탈을 팔던데, 갖고 싶지 않아?"

갖고 싶지 않느냐, 하는 말이 나오면 이제 다 틀린 겁니다. 익살스런 대답이고 뭐고 입에서 나오지가 않습니다. 광대 배우로서 완벽한 낙제입니다.

"책이 좋겠죠."

큰형이 진지한 표정으로 말했습니다.

"그렇군."

아버지는 김빠진 얼굴을 하고는 받아 적지도 않고 수첩을 탁 접었습니다.

이게 무슨 낭패란 말인가? 내가 아버지를 화나게 하다니. 아버지는 무시무시한 복수를 할 게 분명해. 더 늦기 전에 어떻게든 만회할 방법이 없을까? 저는 그날 밤 이불 속에서 덜덜 떨며 고민하다 살며시 일어나 사랑방으로 갔습니다. 아까 아버지가 수첩을 넣은 책상 서랍을 열어 수첩을 꺼내 들었습니다. 그리고 후르르 책장을 넘겨 선물 목록이 기입된 페이지를 찾아낸 후, 수첩에 달린 연필에 침을 묻혀서 '사자탈'이라고 써넣고는 잠자리로 돌아왔습니다. 전 사자탈 따위, 전혀 갖고 싶지 않았습니다. 차라리 책이 나았습니다. 하지만 제게 사자탈을 사주고 싶어 하는 아버지의 마음을 알아차린

이상 그 뜻대로 아버지의 기분을 풀어드려야 한다는 일념 하나로 야밤에 몰래 사랑방으로 숨어드는 모험을 감행했던 것입니다.

저의 이 비상수단은 역시 생각대로 대성공이었습니다. 도쿄에서 돌아온 아버지가 어머니에게 큰 소리로 말하는 것을 저는 아이들 방에서 들었습니다.

"상점가 장난감 가게에서 이 수첩을 펼쳤더니, 여기 좀 봐. '사자탈'이라고 적혀 있지? 이건 내 글씨가 아니야. 어떻게 된 영문인가 싶다가 퍼뜩 생각이 나더라고. 이건 요조의 장난이야. 그 녀석이 내가 물어볼 땐 배시시 웃고만 있더니 뒤늦게 사자탈이 그렇게 갖고 싶어진 모양이지? 아무튼 엉뚱한 녀석이라니까. 아닌 척 시치미 뚝 떼고 있더니 이렇게 또박또박 적어 놓은 것 좀 봐. 갖고 싶으면 갖고 싶다고 말을 할 것이지. 장난감 가게 앞에서 내가 얼마나 웃었는지. 요조를 얼른 이리로 불러와요."

또 한번은, 하인과 하녀들을 서양식 방에 죄 불러들여 하인 한 명에게 피아노 건반을 마구잡이로 두들기게 해놓고(시골이었지만 우리 집은 웬만한 물건은 다 갖추고 있었습니다) 제가 그 엉터리 곡에 맞춰 인디언 춤을 춰서 사람들을 웃겼습니다. 둘째 형이 플래시를 터뜨리며 인디언 춤을 추는 제 모습을 찍었는데, 나중에 사진을 보니 제가 허리에 두른 사라사* 보자기의 포개지는 부분 사이로 작은 고추가 보이는 바람에 또 온 집안사람들의 배꼽을 잡게 했습니다. 저에게는 이 역시 뜻밖의 성공 사례라 할 만한 일이었습니다.

저는 다달이 신간 소년잡지를 열 권 넘게 구독했고 그 외에도 다양한 책을 도쿄에서 주문해서 묵묵히 읽고 있었기 때문에 '뒤죽박죽 박사'니 '무슨 무슨 박사' 같은 건 척하면 척이었던 데다, 괴담에 야담, 만담, 에도 재담 같은 것들도 훤히 꿰고 있어서 진지한 얼굴로 우스꽝스런 이야기를 들려줘 집안사람들을 웃기기에는 부족함이 없었습니다.

하지만 아아, 학교!

저는 학교에서 존경받을 처지에 놓여버렸습니다. '존경받는다'는 관념 또한 저를 극심한 두려움에 떨게 만

* 다섯 가지 빛깔로 물들여서 무늬를 낸 천이다.

들었습니다. 거의 완벽에 가깝게 사람을 속이다가 어떤 전지전능한 자에게 간파당해 산산조각으로 부서지고 죽음보다 더한 망신을 당한다, 라는 것이 제가 생각하는 '존경받는다'의 정의였습니다. 제가 사람들을 속여 '존경받는다' 하더라도 누군가 한 사람은 반드시 알아챌 겁니다. 그래서 결국 다른 사람들도 그 사람의 말을 듣고 속았다는 사실을 깨달았을 때, 그때 사람들의 분노와 복수가 얼마나 무시무시할지 상상만으로도 온몸의 털이 거꾸로 솟는 기분이었습니다.

저는 부잣집 자식이라는 이유보다 흔히들 말하는 '공부 잘하는 아이'라는 이유로 학교에서 존경받을 처지에 놓여 있었습니다. 어려서부터 병약했던 저는 걸핏하면 한 달이고 두 달이고, 때로는 한 학년 가까이 자리보전하고 누운 채 학교를 쉰 적도 있습니다. 그런데도 이제 막 자리를 털고 일어나 인력거에 몸을 싣고 학교로 가서 시험을 치면 결과는 반에서 누구보다 성적이 좋은 이른바 '공부 잘하는 아이'였던 것입니다. 건강할 때도 저는 공부라고는 하지 않았고, 학교에 가서도 수업 시간에 만화나 끼적이다가 쉬는 시간이면 반 친구들에게 설명해주며 아이들을 웃겼습니다. 작문 시간에는 웃기는 이야기만 써내는 바람에 선생님께 핀잔을 들었지만 그래도 그만두지 않았습니다. 선생님도 실은 제가 써내는 우스운 이야기를 은근히 기다린다는 것을 알고 있었으니까요. 어느 날 저는 늘 하던 대로, 어머니를 따라 도쿄로 가는 기차 안에서 객차 통로에 놓인 타구에 오줌을 싸버린 실수담(물론 그게 타구인 줄 모르고 싼 게 아니었습니다. 어린아이답게 천진난만한 척, 일부러 싼 것이었죠)을 일부러 처량한 문체로 써서 제출했습니다. 저는 선생님이 틀림없이 웃을 거라는 자신이 있었기 때문에 교무실로 돌아가는 선생님의 뒤를 몰래 따라갔습니다. 선생님은 교실을 나서자마자 다른 친구들의 작문틈에서 제 작문을 끄집어내더니 복도를 걸으며 읽기 시작했습니다. 킥킥거리며 웃던 선생님이 끝까지 다 읽었는지 교무실에 들어서자 얼굴이 벌게지도록 껄껄껄 웃고는 곧바로 다른 선생님들에게도 읽으라고 권하는 모습을 보며 저는 크게 만족했습니다.

장난꾸러기.

저는 이른바 장난꾸러기로 보이는 데 성공했습니다.

존경받을 위기에서 벗어나는 데 성공했습니다. 성적표를 받으면 전 과목 모두 10점 만점인데 품행 항목만 유독 7점, 6점 수준이라 집안에서는 그 또한 큰 웃음거리가 되었습니다.

하지만 제 본성은 그런 장난꾸러기와는 정반대였습니다. 그 무렵 이미 저는 하인과 하녀들을 통해 서글픈 행동을 알게 됐고 이미 그들에게 욕을 보기도 했습니다. 아직 어린아이한테 그런 짓을 하다니, 인간으로서 저지를 수 없는 가장 추악하고 천박하며 잔인한 범죄라고 생각합니다. 하지만 저는 참았습니다. 이 일로 또 한 가지 인간의 특성을 보았다는 생각에 그저 힘없이 웃었을 뿐입니다. 만약 제가 사실을 곧이곧대로 말하는 데 길들여져 있었다면 그들의 범죄를 망설임 없이 부모님께 호소했을 텐데, 저는 막상 제 부모님조차 전혀 이해하지 못하고 있었습니다. 인간에게 호소한다는 수단에 저는 눈곱만큼의 기대치도 없었습니다. 아버지에게 호소하고 어머니에게 호소하고 순경에게 호소하고 정부에 호소해봤자 결국에는 처세술에 능한 사람이 내뱉는 그럴싸한 변명에 놀아날 뿐이니까요.

보나마나 편파적일 게 빤하니 어차피 인간에게 호소해 봐야 소용없을 거야. 역시 저는 입을 꾹 다문 채 사실 따위 묻어두고 참으며 그저 광대 짓이나 계속하는 것 말고는 길이 없다고 생각했습니다.

"뭐야, 지금 인간 불신을 이야기하고 있는 거야? 그래? 언제부터 네가 기독교인이었지?"

이렇게 비웃는 사람도 있겠지만, 인간을 향한 불신이 꼭 그렇게 종교로 직결되는 것은 아니지 않을까요. 실제로 그렇게 비웃는 사람을 포함한 인간들은 서로 불신하는 가운데 여호와고 뭐고 전혀 염두에 두지 않은 채 태연스레 살아가고 있지 않은가요?

역시 제가 어렸을 때 일입니다. 아버지가 소속된 정당의 유명 인사가 우리 마을에 강연을 하러 온다기에 저도 그 강연을 들으러 하인들을 따라 극장에 갔습니다. 극장은 만원이었는데 우리 마을에서도 아버지와 친하게 지내는 사람들이 죄다 나와 크게 박수도 치고 그랬습니다. 강연이 끝나자 청중들은 눈 내리는 밤길을 따라 삼삼오오 모여 집으로 돌아가면서 그날 밤의 강연을 마구 헐뜯었습니다. 개중에는 아버지와 막역한 사이인 사람의 목소리도 섞여 있었습니다. 아버지의 개회사도 어설프기 짝이 없고 그 유명 인사의 강연도 도대체 무슨 소리를 하는 건지 알아먹을 수가 없다며, 이른바 아버지의 '동지'라는 사람들이 마치 화내듯 떠들어댔습니다. 그리고 그랬던 사람들이 우리 집 사랑방에 들러서는 오늘 밤 강연은 대성공이었다며 진심으로 기뻐하는 얼굴로 아버지에게 말했습니다. 오늘 밤 강연회는 어떠했느냐는 어머니의 질문에 하인들까지도 아주 재미있었다고 천연덕스럽게 대답하더군요. 집으로 돌아오는 내내 강연회처럼 따분한 건 없다며 한숨을 푹푹 내쉬었으면서 말이지요.

하지만 이런 건 어디까지나 아주 작은 한 예일 뿐입니다. 서로 기만하면서도 신기하게 아무도 상처 입지 않으며, 그렇게 기만하고 있다는 사실조차 깨닫지 못하는, 실로 눈부신, 그야말로 맑고 밝고 명랑한 불신의 예가 인간의 삶에 충만해 있습니다. 하지만 저는 그렇게 서로 기만하는 데는 딱히 관심이 없습니다. 저 역시 광대 연기로 아침부터 밤까지 사람들을 기만하고 있으니까요. 저는 바른생활 교과서에나 나올 정의니 뭐니 하는 도덕에는 그다지 관심이 없습니다. 서로 기만하면서도 맑고 밝고 명랑하게 살아가는, 혹은 살아갈 자신이 있는 것처럼 보이는 사람들이 제게는 그저 난해할 따름입니다.

사람들은 끝내 그 비결을 제게 가르쳐주지 않았습니다. 비결만 알았더라면 저는 인간을 이렇게까지 두려워하며 아등바등 광대 짓을 하지는 않았겠지요. 인간의 삶과 대립하며 밤마다 지옥 같은 이 고통을 맛보지 않아도 되었겠지요. 제가 하인과 하녀들의 가증스러운 범죄조차 누구에게도 호소하지 못한 것은 인간을 향한 불신 때문이 아니라, 그리고 물론 기독교 사상 때문도 아니라, 인간들이 저 '요조'라는 존재에게는 신용의 문을 굳게 닫아걸고 있었기 때문이라고 생각합니다. 아버지, 어머니마저도 저로서는 이해할 수 없는 모습을 때때로 제게 보이곤 했으니까요.

세상 누구에게도 호소하지 못하는, 저의 그런 고독한 향기를 많은 여성이 본능적으로 감지해낸 것이 훗날 제가 각양각색의 여자들에게 말려들게 된 요인 중 하나가 아니었나 싶습니다.

요컨대, 여성들에게 저는 연애의 비밀을 지켜줄 수 있는 남자로 보였다는 이야기지요.

두 번째 수기

바닷가, 파도가 밀려와 부서지는 곳이라 해도 좋을 만큼 바다와 가까운 해안가. 시커먼 줄기에 우람한 덩치의 산벚나무가 스무 그루 넘게 줄지어 서서, 새 학년이 시작될 때면 갈색의 끈끈한 어린잎과 함께 파란 바다를 배경으로 눈부신 꽃을 피우고, 꽃잎이 눈처럼 흩날리는 시기가 찾아오면 수없이 많은 꽃잎이 바다에 떨어져 물 위를 수놓으며 떠돌다 파도를 타고 다시 물가로 되돌아오는 곳. 그 벚나무 모래톱을 고스란히 교정으로 사용하는 도호쿠 지방의 한 중학교에 저는 제대로 시험공부도 하지 않은 상태에서 그냥저냥 무사히 입학을 했습니다. 그 중학교의 모자 휘장과 교복 단추에도 도안화한 벚꽃이 피어 있었습니다.

그 중학교 바로 근처에 우리 가족의 먼 친척뻘인 사람이 살고 있기도 해서 아버지는 그 바다와 벚나무가 있는 중학교를 제게 추천해준 것입니다. 저는 그 친척 집에 신세를 지게 됐습니다. 집이 바로 학교 코앞이다 보니 아침 조회 시간을 알리는 종소리를 듣고서야 헐레벌떡 학교로 뛰어가는 게으른 중학생이었지만, 여기서도 광대 짓 덕분에 반 친구들 사이에서 인기는 날로 높아졌습니다.

태어나서 처음으로 이른바 타향살이를 한 셈인데, 저는 그 타향이 고향보다 훨씬 마음 편하게 느껴졌습니다. 어쩌면 그건, 제 광대 짓도 그 무렵쯤에는 완전한 내 것이 되어 사람을 속이기가 전처럼 힘겹지 않았기 때문이라고 해석할 수도 있습니다. 하지만 그보다는 제아무리 천재라 한들, 혹은 신의 아들인 예수라 한들 육친과 타인, 고향과 타향 사이에는 어쩔 수 없는 연기의 난이도 차이가 있지 않겠습니까. 배우에게 가장 연기하기 힘든 곳은 고향의 극장일 테고, 게다가 일가친척이 한 자리에 모두 모여 있는 한 지붕 아래에서는 제아무리 난다 긴다 하는 명배우라도 제대로 연기 실력을 발휘하기가 힘들 겁니다. 그런데 저는 그 속에서 연기를 해왔습니다. 그것도 꽤 성공적으로 말입니다. 그런 능구렁이 같은 인간이 타향으로 나왔으니 만에 하나라도 연기에 실패할 일은 없는 거였지요.

인간에게 느끼는 제 공포심은 전보다 더하면 더했지 덜하지 않을 만큼 격렬하게 가슴속에서 꿈틀거리고 있었지만 연기력도 일취월장해서 교실에서는 항상 반 아이들을 웃겼고, 선생님도 "이 반은 오바 요조만 없으면 아주 얌전한 반인데" 하고 말로는 한탄하면서도 손으로는 입을 틀어막고 웃어댔습니다. 천둥처럼 사납게 호통치는 교련 담당 장교를 웃음 터지게 하는 일도 제게는 식은 죽 먹기였습니다.

이제 내 정체를 완벽하게 은폐했구나 싶어 마음을 놓으려는 찰나, 마른하늘에 날벼락처럼 저는 뒤통수를 얻어맞았습니다. 뒤에서 공격하는 사람이 다 그렇듯 반에서도 가장 왜소한 몸집에 푸르뎅뎅하니 부은 얼굴, 거기다 보나마나 아버지나 형이 입던 옷을 물려받은 것으로 보이는, 쇼토쿠 태자*나 입었을 법한 소맷자락이 치렁치렁한 옷차림에 공부는 젬병이요, 교련이나 체육은 늘 앉아서 구경만 하는 백치 같은 아이였습니다. 저도 그 아이까지는 경계할 필요가 없다고 생각했던 겁니다.

그날 체육 시간에 그 아이(성은 생각나지 않지만 이름은 다케이치였던 것으로 기억합니다), 다케이치는 늘 그렇듯 앉아서 구경만 하고 우리는 철봉 연습을 하고 있었습니다. 저는 일부러 최대한 심각한 얼굴을 하고 "에잇!" 하는 기합 소리와 함께 철봉으로 펄쩍 뛰어오르는 척하다가 그대로 멀리뛰기 하듯 앞으로 튕겨 나가 모래밭에 쿵 하고 엉덩방아를 찧었습니다. 모두 계획된 실수였습니다. 아니나 다를까 다들 까르르 웃어댔고 저도 쓴웃음을 지으며 일어나 바지에 묻은 모래를 툴툴 털어내고 있었는데, 언제 왔는지 다케이치가 제 등을 쿡 찌르며 낮은 목소리로 이렇게 속삭였습니다.

"일부러 그랬지?"

---

* 7세기에 일본에 불교를 번성시켜 아스카 문화를 꽃피운 인물이다.

저는 충격으로 부르르 떨었습니다. 다른 사람도 아닌 다케이치에게 들킬 줄은 꿈에도 상상하지 못했습니다. 저는 세상이 한순간에 지옥 불에 휩싸여 훨훨 타오르는 꼴을 바로 눈앞에서 보듯 '으아악!' 비명을 지르며 미쳐 버릴 것 같은 기분이 드는 것을 죽을힘을 다해 억눌렀습니다.

그 후 제게 찾아온 불안과 공포의 나날들.

겉으로는 여전히 서글픈 광대 짓으로 사람들을 웃기고 있었지만 문득문득 저도 모르게 무거운 한숨이 새어 나왔습니다. 내가 무엇을 하건 다케이치가 간파해서 박살을 낼 테고, 언젠가는 그 사실을 사람들에게 떠들겠지. 그런 생각이 드니까 이마가 진땀으로 흥건해지면서 미친 사람처럼 괴상한 눈빛으로 괜히 주위를 흘끔흘끔 살피게 되었습니다. 할 수만 있다면 아침 점심 저녁으로 온종일을 다케이치 옆에 딱 달라붙어 그가 비밀을 발설하지 못하도록 감시하고 싶은 심정이었습니다. 그렇게 그 녀석에게 달라붙어 있으면서 내 광대 연기가 일부러 한 게 아니라 진짜였다고 믿도록 최대한 노력해 보자, 그래서 일이 잘 풀리면 그 녀석과 아예 단짝이 될 수도 있을 것이다, 그러나 그 모든 것이 수포로 돌아간다면 그때는 그가 죽기를 기도하는 수밖에 없겠다, 하는 생각마저 했습니다. 하지만 설마하니 그 녀석을 죽이겠다는 생각까지는 하지 못했습니다. 저는 지금껏 살아오면서 누가 저를 죽여주길 바란 적은 몇 번 있었지만 누굴 죽이고 싶다는 생각은 한 번도 해본 적이 없습니다. 그건 끔찍한 상대를 오히려 행복하게 해줄 뿐이라고 생각하니까요.

저는 그 녀석을 제 편으로 만들기 위해 먼저 얼굴에 가짜 기독교인 같은 '상냥한' 웃음을 머금고 고개를 삼십 도 정도 왼쪽으로 기울인 다음 녀석의 빈약한 어깨를 가볍게 안고는 간질간질 달콤한 목소리로 제가 지내고 있는 집에 놀러 오라고 몇 번이나 말했지만 녀석은 늘 멍한 눈빛만 보일 뿐 대답이 없었습니다.

그러던 어느 날 수업을 마친 뒤, 그게 아마 초여름 무렵이었을 겁니다. 소낙비가 부옇게 쏟아져서 아이들이 집에 어떻게 가야 할지 막막한 얼굴이 되었는데, 저는 집이 엎어지면 코 닿을 데다 보니 망설일 것도 없이 밖으로 뛰어나가려 했습니다. 그때 문득 신발장 뒤쪽에

풀이 죽어 서 있는 다케이치를 발견했습니다. 저는 "같이 가자, 우산 빌려줄게"라고 말해서 쭈뼛대는 다케이치의 손을 끌고 함께 소낙비 속을 달렸습니다. 집에 도착하자 아주머니께 우리 두 사람의 겉옷을 말려달라고 부탁해놓고 다케이치를 2층에 있는 제 방으로 끌어들이는 데 성공했습니다.

그 집에는 쉰이 넘은 아주머니와 서른 살쯤 되는, 안경을 끼고 몸이 좀 아파 보이는 키 큰 누나(이 누나는 한 번 시집을 갔다가 다시 집에 돌아온 사람이었습니다. 저는 이 누나를 이 집 사람들이 부르는 대로 아네사라고 불렀습니다), 그리고 이제 막 여학교를 졸업한 셋짱이라고 하는, 언니와는 딴판으로 키가 작고 얼굴이 둥글둥글한 작은 누나까지 해서 달랑 세 식구가 살고 있었습니다. 아래층에 있는 가게에서 소소하게 문방구며 운동용품을 팔긴 했지만 주 수입원은 돌아가신 아저씨가 지어놓은 허름한 공동주택 대여섯 동에서 나오는 집세인 것 같았습니다.

"귀 아파."

다케이치는 선 채로 그렇게 말했습니다.

"비 맞았더니 귀가 아파."

들여다보니 양쪽 귀의 염증이 심각했습니다. 당장이라도 고름이 귓바퀴 바깥으로 흘러내릴 기세였습니다.

"안 되겠다. 많이 아프지?"

저는 호들갑스럽게 놀라며 말했습니다.

"비 오는데 억지로 끌고 와서 미안해."

여자 같은 말투로 '상냥하게' 사과한 다음 아래층에 가서 솜과 알코올을 얻어 와 제 무릎을 베개 삼아 다케이치를 눕히고 정성껏 귀를 닦아주었습니다. 다케이치도 설마하니 이것이 위선적인 못된 계략이라는 건 눈치채지 못했는지 "여자들이 너한테 홀딱 반하겠다" 하고 제 무릎에 누워 우매한 아부를 할 정도였습니다.

그런데 이것이 아마 다케이치도 미처 의식하지 못했을, 무시무시한 악마의 예언이었음을 저는 훗날 깨닫습니다. 제가 누구에게 홀딱 반하건 누가 제게 홀딱 반하건, 이 '홀딱 반한다'라는 말이 너무도 천박하고 경박하며 그야말로 자아도취적인 느낌이라, 제아무리 엄숙한 자리라도 이 말 한마디를 불쑥 들이밀면 순식간에 고요한 '우울의 사원'이 바스러지면서 그저 얼빠진 폐허가 되어버릴 것 같은 기분이 듭니다. 그런데 또 '여자들이 자꾸 내게 홀딱 반해서 오는 피곤함' 같은 속된 표현이 아니라 '사랑받는 불안' 같은 식의 문학적인 표현을 쓰면 우울의 사원이 무너지지는 않을 것 같으니 참 묘한 노릇입니다.

다케이치가 여자들이 제게 홀딱 반할 거라는 멍청한 아부를 했을 때 저는 그저 얼굴을 붉힌 채 웃기만 하고 아무 대답도 하지 않았지만, 내심 살짝 짚이는 데가 있긴 했습니다. '여자들이 내게 홀딱 반한다'는 경박한 말에서 생겨난 자아도취적인 분위기 속에서 "그러고 보니 짚이는 데가 있다" 라고 표현하는 것은 만담 속 철없는 바람둥이 서방님 대사로도 못 써먹을 만큼 미숙한 감정의 표현일진대, 제가 그런 분별없고 자아도취적인 기분으로 '짚이는 데가 있다'고 한 것이 결코 아닙니다.

제게는 인간 중에서도 여자가 남자보다 몇 곱절은 난해한 존재였습니다. 우리 가족도 남자보다 여자가 많은 데다 친척 중에도 여자가 많고 또 그 '범죄'를 저지른 하녀들도 있고 해서 저는 어릴 때부터 여자들과만 놀며 자랐다고 해도 좋을 지경인데, 그런데도 정말이지 살

얼음판을 걷는 심정으로 그 여자들과 어울려 왔습니다. 도무지, 전혀 종잡을 수가 없습니다. 오리무중이다 보니 때때로 호랑이 꼬리를 밟는 실수를 해서 끔찍한 상처를 입었는데, 그건 남자들의 채찍질과는 또 달라서 뇌출혈처럼 극도로 불쾌하게 내면을 깊숙이 베어서 좀처럼 치유되기 힘든 상처였습니다.

여자는 끌어당겼다가 밀쳐 낸다. 여자는 남들 눈이 있는 데서는 나를 멸시하고 매몰차게 대하다가 아무도 없으면 부둥켜안는다. 여자는 죽은 듯 깊이 잔다. 여자는 자기 위해 사는 걸까……. 이러한 여자와 관련된 다양한 관찰 결과를 저는 이미 유년 시절에 얻어냈는데 같은 인류인 것 같으면서도 남자와는 또 전혀 다른 생명체라는 느낌을 받았습니다. 그런데 이 불가사의하고 방심할 수 없는 생명체는 희한하게도 저를 돌봐줬습니다. 그게, 제 경우는 '홀딱 반한다'거나 '사랑받는다' 같은 표현은 전혀 어울리지 않고, 그나마 '돌봐준다'고 표현하는 편이 실상을 설명하는 데 아무래도 가장 적합할 겁니다.

여자는 남자보다 더 광대 짓에 마음을 여는 것 같았

습니다. 남자들은 제가 광대 짓을 할 때 계속해서 껄껄 웃어주지는 않았습니다. 또한 남자들 앞에서는 혼자 신이 난 나머지 자칫 도 넘은 광대 연기를 하면 반드시 실패하기 때문에, 항상 적당한 선에서 마무리하려고 신경을 써야 했습니다. 하지만 여자들은 적당한 선이라는 게 없어서 끝도 없이 광대 짓을 요구했고, 저는 그 하염없는 앙코르에 응하느라 파김치가 되었습니다. 정말이지 참 잘도 웃어댑니다. 전반적으로 여자는 남자에 비해 더 많은 쾌락을 탐하고 소화해낼 수 있는 것 같습니다.

중학생 때 신세를 진 그 집 자매들도 언니건 동생이건 틈만 나면 2층 제 방에 찾아오는 바람에 그때마다 저는 소스라치게 놀랐고 무서웠습니다.

"공부해?"

"아니."

저는 웃으며 책을 덮습니다.

"오늘 학교에서 있잖아, 몽둥이라는 별명을 가진 지리 선생님이 말이야."

제 입에서 술술 나오는 것은 마음에도 없는 우스갯소리였습니다.

"요조, 안경 써봐."

어느 날 밤, 셋짱이 아네사와 함께 제 방으로 놀러 와 실컷 광대 짓을 시키더니 막바지에 그런 말을 꺼냈습니다.

"왜?"

"이유는 됐으니까 써봐. 아네사 언니 안경을 써."

항상 이렇게 우악스런 명령조로 말했습니다. 광대는 순순히 아네사의 안경을 썼습니다. 순간 두 여자는 데굴데굴 구르며 웃어댔습니다.

"똑같아. 로이드랑 똑같아."

당시 해럴드 로이드인가 뭔가 하는 외국 희극배우가 일본에서 한창 인기였습니다.

저는 일어나 한 손을 들고 말했습니다.

"여러분! 이번에 이렇게 일본의 팬 여러분께……."

한바탕 인사를 하니 웃음바다가 되었습니다. 그 뒤부터는 로이드의 영화가 동네 극장에서 상영될 때마다 보러 가서 몰래 그의 표정 같은 걸 연구하곤 했지요.

또 어느 가을밤에는 누워서 책을 읽고 있는데 아네사가 새처럼 쪼르르 제 방으로 들어오더니 별안간 이불

위에 쓰러져 울음을 터뜨렸습니다.

"요조, 네가 날 도와줄 거지? 그렇지? 이런 집 따위, 같이 나가버리는 게 나아. 도와줘, 도와줘, 응?"

아네사는 그렇게 격한 말을 내뱉고는 다시 울었습니다. 저야 여자들이 이렇게 행동하는 것을 보는 게 처음도 아니었기 때문에 아네사의 과격한 말에 놀라기는커녕 오히려 그 진부하고 알맹이 없는 내용에 김이 샜습니다. 저는 가만히 이부자리에서 나와 책상 위에 놓여 있던 감을 깎은 다음 한 조각을 아네사에게 건네줬습니다. 그러자 아네사는 흐느껴 울면서 그 감을 먹고서 말했습니다.

"뭐 좀 재미있는 책 없어? 빌려줘."

저는 나쓰메 소세키의 《나는 고양이로소이다》라는 책을 책장에서 꺼내서 건넸습니다.

"잘 먹었어."

아네사는 쑥스러운 듯 웃더니 방에서 나갔습니다. 비단 아네사만이 아니라 여자들이 도대체 어떤 심리 상태로 살고 있는지 그 속내를 헤아리기란 제게 지렁이의 머릿속을 탐색하는 것보다 까다롭고 귀찮으며 끔찍하게 느껴졌습니다. 다만 저는 여자가 그렇게 느닷없이 울음을 터뜨릴 경우 뭐든 달콤한 음식을 내주면 그것을 먹고 마음이 풀린다는 것 하나만큼은 어릴 때부터 해온 경험으로 알고 있었습니다.

둘째인 셋짱은 자신의 친구들까지 제 방으로 데리고 왔습니다. 늘 하던 대로 저는 누구 앞이라고 가리는 것 없이 그들을 웃겼는데, 친구들이 돌아가고 나면 셋짱은 반드시 그 친구들의 험담을 했습니다. 그 애는 불량소녀니까 조심해야 된다는 식의 말을 꼭 붙이는 겁니다. 그럴 걸 왜 굳이 데려오는지. 아무튼 덕분에 제 방을 찾는 손님들은 거의 대부분이 여자가 되고 말았습니다.

그렇다고 그게 다케이치가 말했던 '여자들이 홀딱 반하겠다'가 실현된 모습은 결코 아니었습니다. 저는 아직 일본 도호쿠 지방의 해럴드 로이드일 뿐이었던 겁니다. 다케이치의 우매한 아부가 저주받을 예언으로 생생히 살아나 그 불길한 모습을 드러낸 것은 그로부터 몇 년 지난 뒤의 일이었습니다.

다케이치는 저에게 또 하나 중요한 선물을 했습니다.

"괴물 그림이야."

언젠가 다케이치가 제 방에 놀러 왔을 때, 가져온 컬러판 삽화 한 장을 우쭐한 얼굴로 보여주며 그렇게 설명했습니다.

'어라?' 싶었습니다. 이제와 돌이켜보니 제가 추락해 갈 길이 바로 그 순간에 결정되었다는 생각이 강하게 듭니다. 저는 알고 있었습니다. 그 그림은 고흐의 유명한 자화상일 뿐이라는 것을요. 우리가 소년이던 무렵 일본에서는 이른바 '프랑스 인상파'의 그림이 크게 유행했습니다. 서양화 감상의 첫걸음을 보통 그런 선에서 시작했기 때문에 고흐며 고갱, 세잔느, 르누아르 같은 사람들의 그림은 아무리 시골 중학생이라도 사진 도판으로 익히 봐와서 잘 알고 있었습니다. 저 역시 고흐의 컬러판 그림을 워낙 많이 봤고, 그 재미난 붓 다루는 솜씨며 선명한 색채가 흥미롭다고 생각하긴 했지만, 그 그림이 괴물 그림이라고는 한 번도 생각해본 적이 없었습니다.

"그럼 이건 어때? 이것도 괴물이야?"

저는 책장에서 모딜리아니의 화집을 꺼내 볕에 그을린 구릿빛 피부의 그 유명한 나부상(裸婦像)을 다케이치에게 보여줬습니다.

"굉장하다."

다케이치는 눈을 동그랗게 뜨고 감탄했습니다.

"지옥의 말 같다."

"역시 괴물이라는 거야?"

"나도 이런 괴물 그림, 그리고 싶다."

인간을 지독히도 두려워하는 사람일수록 오히려 더 무시무시한 요괴의 모습을 제 눈으로 똑똑히 보고 싶어 하는 심리. 신경질적이고 겁이 많은 사람일수록 폭풍우가 더욱 거세지기를 기도하는 심리. 아아, 이 화가들은 '인간'이라고 불리는 괴물들에게 반복해서 상처 입으며 두려움에 시달린 끝에 마침내 환영을 보게 되었구나! 대낮의 자연 속에서 생생하게 요괴를 보는구나! 더구나 그들은 그것을 광대 짓 따위로 얼버무리지 않고 눈에 보이는 그대로 표현하려고 노력했다. 다케이치의 말처럼, 용기 있게 '괴물 그림'을 그려버렸다. 드디어 미래의 내 동지들을 찾았다는 생각에 저는 눈물이 날 정도로 흥분해서, 왜 그랬는지 목소리를 한껏 낮춰서 다케이치에게 말했습니다.

"나도 그릴 거야. 괴물 그림을 그릴 거야. 지옥의 말을 그릴 거라고."

저는 초등학생 때부터 그림을 그리는 것도, 보는 것도 좋아했습니다. 하지만 제 그림은 제 작문만큼 평가가 좋지는 않았습니다. 저는 애당초 인간의 언어를 전혀 신용하지 않았기 때문에, 작문은 제게 그저 광대 짓의 예고편과 비슷한 것일 뿐이었습니다. 그래서 초등학교에 이어 중학교까지 내내 선생님들을 미친 듯이 웃게 만들었지만 정작 저는 하나도 재미가 없었습니다. 하지만 그림을 그릴 때만큼은(만화는 또 별개지만) 대상을 어떻게 표현해야 할지, 미숙하나마 나름대로 꽤 고심을 했습니다. 그런데 학교에서 배우는 미술 책은 시시했고 선생님의 그림 솜씨도 형편없어서 저는 순 엉터리 표현법을 이것저것 스스로 연구해서 시도해야만 했습니다. 중학생이 되어 유화 도구를 모두 갖추게 되자 인상파 그림의 붓 터치 기법을 흉내내려고 애썼지만, 제가 그린 그림은 전통 색지 공예품처럼 밋밋하기만 한 게 영 작품이 될 성싶지 않았습니다.

그런데 다케이치의 말 한마디에 그때까지 그림을 대

하는 제 마음가짐이 완전히 잘못되었음을 깨달았습니다. 아름답다고 느낀 것만을 그대로 아름답게만 표현하려고 애쓰는 것이 얼마나 단순하고 어리석은가. 거장들은 아무것도 아닌 것을 주관에 따라 아름답게 재창조하고, 추한 것에 욕지기를 느끼면서도 호기심을 감추지 않고 표현하는 기쁨에 흠뻑 빠지지 않는가. 그들은 타인의 오해 따위에 전혀 휘둘리지 않는 것입니다! 저는 화법의 원초적인 비법을 다케이치 덕분에 발견하고서, 내 방에 드나드는 여자 손님들 몰래 찔끔찔끔 자화상 그리기 작업에 뛰어들었습니다.

마침내 저마저도 흠칫할 만큼 음침하고 비참한 그림이 완성되었습니다. 이것이야말로 가슴 깊은 곳에 필사적으로 꼭꼭 숨겨두었던 내 정체야, 겉으로는 밝게 웃으며 사람들을 웃겼지만 사실 내 안은 이토록 참혹해, 도저히 빠져나올 수 없으니 별 수 없잖아, 하고 혼자 남몰래 인정했습니다. 하지만 그 그림은 다케이치 말고는 누구에게도 보여주지 않았습니다. 제 광대 짓의 밑바닥에 깔린 끔찍한 모습을 들켰을 때 사람들이 돌변해서 쩨쩨하게 경계할 것이 싫었습니다.

반대로, 이것이 제 정체라고는 생각지 못하고 새로운 광대 짓인 줄로만 여겨서 웃음거리로 삼을지도 모른다는 염려도 있었습니다. 그것은 그 무엇보다 괴로운 일이기 때문에, 저는 그 그림을 곧바로 벽장 깊숙한 곳에 넣어뒀습니다.

학교 미술 시간에도 저는 '괴물식 기법'은 꽁꽁 숨겨두고 지금껏 해온 대로, 아름다운 것을 아름답게 그리는 지극히 평범한 기법으로 그림을 그렸습니다.

저는 다케이치한테만큼은 쉽게 상처 입는 제 모습을 예사로 보여줬기 때문에 이번 자화상도 마음 놓고 보여줬고, 크게 칭찬받았습니다. 이어서 두 장, 세 장 괴물 그림을 잇따라 그렸다가 다케이치한테서 또 하나의 예언을 듣게 되었습니다.

"넌 훌륭한 화가가 될 거야."

여자들이 제게 홀딱 반할 거라는 예언과 훌륭한 화가가 될 거라는 예언. 바보 다케이치가 내려준 이 두 예언을 낙인처럼 이마에 새긴 채 이윽고 저는 도쿄로 나왔습니다.

저는 미술학교에 진학하고 싶었지만 아버지는 전부

터 저를 고등학교에 보내 장차 관리가 되게 할 생각이었고 제게도 그렇게 못을 박아뒀기 때문에, 말대꾸 한마디 제대로 하지 못하는 저는 멍하니 그 말에 따랐습니다. 4학년 때부터 시험을 쳐보라고 하신 데다 저도 벚꽃과 바다의 중학교에 어지간히 싫증도 났던 참이라서, 5학년에는 진급하지 않고 4학년까지만 수료한 상태로 도쿄의 고등학교에 시험을 쳐서 합격했습니다. 곧바로 기숙사에 들어갔는데 어찌나 불결하고 난폭하던지, 저는 광대 짓이고 뭐고 두 손 두 발 다 들고 의사한테서 폐결핵 진단서를 받아내어 기숙사를 나와서 우에노 사쿠라기초에 있는 아버지의 별장으로 거처를 옮겼습니다.

저는 단체 생활이라는 걸 도무지 할 수가 없는 성격입니다. 거기다 한술 더 떠서 청춘의 감격이니 젊은이의 자긍심이니 이런 말을 들으면 소름까지 돋는 게 도저히 그 '하이스쿨 스피릿'인지 뭔지를 따라잡을 수가 없었습니다. 교실이고 기숙사고 온통 뒤틀린 성욕의 쓰레기통이란 생각마저 들었고 제 완벽에 가까운 광대 연기도 그곳에서는 아무 도움이 되지 않았습니다.

아버지는 의회가 열리지 않을 때는 한 달에 1주일 길

게는 2주일 정도 그 집에 머물렀기 때문에 아버지가 집을 비우면 그 넓은 집에 별장지기 노부부와 저, 이렇게 세 사람뿐이었습니다. 그럴 때면 저는 가끔씩 학교를 쉬었는데 그렇다고 딱히 도쿄 구경을 나설 마음도 없어서(결국 메이지 신궁도, 구스노키 마사시게의 동상도, 센가쿠지의 47인의 사무라이 묘도 못 보고 끝날 것 같습니다) 집에서 온종일 책을 읽거나 그림을 그렸습니다. 아버지가 도쿄로 올라오면 저는 매일 아침 서둘러 등교를 했지만 실은 혼고 센다기초에 있는 서양화가 야스다 신타로 씨의 화방에 가서 세 시간이고 네 시간이고 데생 연습을 했습니다.

고등학교 기숙사에서 빠져나온 뒤로는 학교 수업을 들어도 마치 청강생인 것 같은, 저만 혼자 다른 위치에 있는 기분이었습니다. 제 생각이 비딱한 탓인지도 모르겠지만 누가 뭐라는 것도 아닌데 괜히 혼자 어색해져서 점점 학교에 가기가 귀찮아졌습니다. 초등학교, 중학교, 고등학교까지 다니면서 저는 단 한 번도 애교심이라는 것을 느껴본 적이 없습니다. 교가 같은 것도 외워보려 한 적이 단 한 번도 없습니다.

그러다가 저는 화방의 한 학생한테서 술과 담배, 매춘부와 전당포, 그리고 좌익 사상을 배웠습니다. 얄궂은 조합이긴 하지만 사실입니다.

그 미술 학도는 호리키 마사오라고, 도쿄의 서민 동네에서 태어났고 저보다 여섯 살 연상이었습니다. 사립 미술학교를 졸업했지만 집에 아틀리에가 없어서 이 화방에 다니며 서양화 공부를 계속하고 있다고 했습니다.

"5엔만 빌려줄래?"

피차 얼굴만 알 뿐 그때까지 말 한번 섞어본 적 없는 사이에, 그가 내게 건넨 첫마디였습니다. 저는 어쩔 줄 몰라 쩔쩔매면서 얼른 5엔을 내밀었습니다.

"좋았어, 한잔하자. 내가 한턱 쓰지. 참 잘생긴 녀석이라니까."

차마 거절하지 못한 채 화방에서 가까운 호라이초의 카페로 끌려간 게 그와 친분을 쌓게 된 시작이었습니다.

"전부터 지켜보고 있었어. 그거 말이야, 그거, 그 수줍게 웃는 얼굴! 그건 장래성 있는 예술가 특유의 표정이거든. 친해진 기념으로 건배! 어이, 기누 씨, 이 녀석 미남이지? 그렇다고 반하면 안 돼. 이 녀석이 화방에 오는 바람에 내가 2등 미남으로 밀려났지 뭐야.”

호리키는 살짝 가무잡잡한 피부에 단정한 얼굴이었는데 미술 학도치고는 드물게 말끔하게 양복을 차려입은 데다 넥타이 취향도 은근하고 머리는 포마드를 발라 한가운데에서 반으로 깔끔하게 갈라놓았습니다.

낯선 장소인 것도 있고 해서 어찌나 긴장되던지 팔짱을 꼈다 풀었다 하며 말 그대로 수줍은 웃음만 짓고 있었는데 맥주가 두어 잔 들어가니 이상하게 해방된 듯 홀가분한 기분이 들었습니다.

“나도 미술학교에 입학하려고 했는데…….”

“아니, 따분해. 그런 데는 따분해. 학교라는 데가 원래 따분한 데야. 우리의 스승은 자연 속에 있어! 자연을 향한 정열!”

전 그의 말을 눈곱만큼도 존중할 수가 없었습니다. 웃기는 인간이네, 보나마나 그림 솜씨도 형편없겠지, 하지만 어울려 놀기에는 괜찮은 상대일지도 모르겠다, 라고 생각했습니다. 말하자면 저는 그때 태어나서 처음으로 진정한 도회지의 놈팡이를 본 것입니다. 저와 형태는 다르지만 세상 사람들의 삶에서 완전히 유리되어 떠돌고 있다는 점에서는 분명 같은 부류였습니다. 다만, 그가 자신의 광대 짓을 전혀 의식하지 못하고, 그러다 보니 그 광대 짓의 비참함 역시 조금도 깨닫지 못하고 있다는 점에서는 저와는 본질적으로 달랐습니다.

그냥 놀 뿐이다, 노는 상대로 만나는 것뿐이다, 라며 늘 그를 경멸하고 때로는 그와 사귀는 것을 창피하다고까지 생각했습니다만, 어울려 다니다 보니 결국 저는 이 남자에게까지 박살이 나고 말았습니다.

사실 처음에는 이 남자를 착한 사람, 보기 드문 호인 정도로 철석같이 믿었기에 인간을 그토록 두려워하는 저도 완전히 마음을 놓았고 좋은 도쿄 안내자가 생겼다고만 생각했습니다. 저는 혼자서 전철을 타면 차장이 무섭고, 가부키 극장에 가고 싶어도 현관 정면의 붉은색 양탄자가 깔린 계단 양측에 서 있는 안내 아가씨들이 무섭고, 레스토랑에 가면 제 등 뒤에 쥐 죽은 듯 조용히 서서 접시가 비워지기만을 기다리는 웨이터가 무서웠습니다. 그중에서도 아아, 계산할 때의 제 어색한 손놀림을 어쩌면 좋을지. 저는 물건을 사고 돈을 낼 때면 자린고비라서가 아니라 극심한 긴장과 창피함, 불안과 공포 때문에 어찔어찔 현기증이 나고 세상이 캄캄해지면서 거의 반실성한 사람처럼 행동하고 마니, 값을 흥정하기는커녕 거스름돈을 받는 것도 깜박하고 그도 모자라 산 물건을 놔두고 오는 경우도 종종 있었습니다. 그러니 혼자서는 도저히 도쿄 거리를 쏘다닐 엄두가 안 나서 별 수 없이 종일 집 안에서만 뒹굴뒹굴하게 된 것입니다.

그런데 호리키에게 제 지갑을 맡기고 함께 돌아다니면 호리키는 가격 흥정도 잘하고 노는 데는 도가 텄다고 해야 하나, 적은 돈으로 최대한의 효과를 내는 솜씨를 발휘했고, 거기다 이동할 때도 비싼 택시는 본척만척하고 전차며 버스며 통통배 같은 것을 적절히 이용해 최단 시간에 목적지에 도착하는 수완을 보였습니다. 매춘부한테 갔다가 아침에 돌아오는 길에는 무슨 무슨 요정에 들러 아침 목욕도 하고 데친 두부 안주에 가볍게 술을 한잔 걸치는 게 돈은 적게 들면서도 호사스런 느낌을 받을 수 있다는 현장학습도 시켜주고, 포장마차에서 파는 소고기 덮밥과 꼬치구이는 싼값인 데 비해 영양 만점이라는 설교도 하고, 빨리 취하는 데는 덴키브란*만한 게 없다고 장담을 하기도 하고, 어쨌거나 계산 문제에 있어서는 저에게 한점의 불안도 공포도 느끼게 한 적이 없습니다.

거기에 또 호리키와 어울리면서 좋았던 점은, 호리키가 듣는 사람의 생각 따위는 아예 무시한 채 자신의 이른바 정열이 터져 나오는 대로(어쩌면 정열이란 게 상대를 무시하는 것인지도 모르겠지만) 하루 온종일 시답잖은 소리를 하며 떠들어댔기 때문에 두 사람이 걷다가 지쳐 어색한 침묵에 빠질 염려가 전혀 없었던 것입니다. 사람을 대할 때면 그 무시무시한 침묵이 등장할까 두려워 애초에 입이 무거운 제가 죽기 살기로 광대 짓을 해왔는데 이제는 이 바보 호리키가 본인은 의식하지도 못한 채 알아서 광대 짓을 대신해주니 저는 대답도 건성건성, 그저 흘려들으면서 가끔 "설마" 하고 장단이나 맞춰주며 웃기만 하면 됐습니다.

술, 담배, 매춘부, 그것들은 모두 인간을 향한 공포

---

* 도쿄 아사쿠사에 있는 '가미야 바'의 창업자 가미야 덴베가 만든 술이다. 전기가 부족하던 시절에 탄생된, 브랜디를 기본으로 한 칵테일로 처음 만든 당시에는 45도로 상당히 도수가 높았다. 당시에는 최신식을 상징하는 명칭으로 '전기(덴키)'를 붙이는 게 유행이었다.

심을 아주 잠시나마 잊게 해주는 좋은 수단임을 저도 차츰 알게 됐습니다. 그것들만 구할 수 있다면 제가 가진 모든 것을 송두리째 팔아버려도 후회가 없을 거라는 마음까지 들었습니다.

저에게 매춘부란 인간도 여자도 아닌 백치나 미친 사람이었기에 오히려 그 품 안에서 마음 놓고 푹 잘 수 있었습니다. 다들 가슴 아플 정도로 욕심이라는 게 전혀 없었습니다. 제게서 비슷한 부류라는 친근감 같은 것을 느끼는지 매춘부들도 늘 제게 부담스럽지 않을 정도의 자연스런 호의를 보였습니다. 아무런 이해타산 없는 호의, 억지가 아닌 호의, 두 번 다시 오지 않을지도 모르는 사람을 향한 호의. 저는 그 백치나 미친 사람 같은 매춘부들에게서 마리아의 후광을 실제로 목격한 밤도 있었습니다.

그런데 제가 인간을 향한 공포심에서 벗어나 얄팍한 하룻밤의 휴식을 위해 그곳으로 찾아가 그야말로 저와 '같은 부류'인 매춘부들과 노는 사이 언젠가부터 무의식중에 어떤 역겨운 분위기를 풍기게 된 모양이었습니다. 저로서는 전혀 생각지도 못한 이른바 '덤'이었는데,

점점 그 덤이 선명해졌는지 호리키가 그 점을 지적했을 때는 몹시 놀랍고 불쾌했습니다. 남들 눈에 저는 속된 말로 매춘부를 통해 여자를 알았으며 최근에는 눈에 띄게 기술이 좋아졌다는 겁니다. 여자를 알려면 매춘부를 통하는 게 가장 지독하지만 그만큼 효과가 있다더니 어느새 저는 '선수'의 냄새가 감돌아 여자들이(매춘부뿐 아니라) 본능적으로 그 냄새를 맡고 다가온다는, 추잡하고 불명예스러운 분위기를 '덤'으로 얻었습니다. 아마도 제가 얻는 안식보다 불명예스러운 덤이 훨씬 더 많이 눈에 띄는 모양이었습니다.

호리키는 아마도 칭찬이랍시고 그런 말을 했겠지만 저로서는 뜨끔한 데가 있어서 가슴이 짓눌리듯 갑갑했습니다. 이를테면 찻집 아가씨한테서 유치한 편지를 받은 적도 있고, 사쿠라기초의 이웃집 장군 댁의 스무 살 남짓한 딸이 아침마다 제가 등교할 시간에 볼일도 없어 보이는데 옅은 화장을 한 채 자기 집 문 앞을 들락날락하기도 했고, 소고기를 먹으러 가면 내가 뭘 어떻다고 말 한번 한 적도 없는데 그 식당 종업원이……, 그런가 하면 단골 담배 가게의 아가씨가 내민 담뱃갑 안에는 또……, 가부키를 보러 가면 옆자리에 앉은 여자가……, 심야 전차 안에서 술에 취해 자고 있으면……, 또 생각지도 못한 고향의 친척 집 딸이 구구절절한 편지를……, 누군지도 모를 아가씨가 제가 집을 비운 사이에 손수 만든 인형을……. 제가 워낙 소극적이다 보니 모두 일회성 사건일 뿐 그 이상 진전된 적은 한 번도 없었습니다. 인기 있다고 자랑하는 게 아니라, 뭔가 여자에게 꿈을 품게 하는 분위기가 제 어딘가에 감돌고 있는 것만은 부정할 수 없었다는 말입니다. 하지만 고작 호리키 같은 녀석에게 그런 지적을 받자 굴욕에 가까운 씁쓸함을 느낌과 동시에 매춘부들과 노는 데 별안간 흥미를 잃었습니다.

호리키는 자신의 '모더니티'를 뽐내고 싶은 허영심에서(호리키의 경우 그것 말고 다른 이유는 지금까지도 전 찾아내지 못했습니다) 어느 날 저를 공산주의 독서회인지 뭔지 하는(R · S라고 했던가, 기억이 확실하지 않습니다) 비밀 연구회에 데리고 갔습니다. 호리키 같은 녀석에게는 공산주의 비밀 모임도 '도쿄 안내' 중 하나였을지도 모르겠습니다. 저는 이른바 '동지들'에게 소개되었고 팸플릿 한 부를 사야 했습니다. 그리고 상석의 지독히도 못생긴 청년한테서 마르크스 경제학 강의를 받아야 했습니다. 제게 그 강의 내용은 너무도 빤한 소리로만 들렸습니다. 그야 물론 다 맞는 소리겠지만 인간의 마음속에는 좀 더, 그 이유를 알 수 없는 무서운 것이 있습니다. 욕망이라는 말로도 좀 부족하고 허영심이라는 말로도 부족하고, 색(色)과 욕(慾)이라는 두 단어를 늘어놓아도 모자란, 뭔가 저도 잘은 모르지만 인간 세상의 밑바닥에는 경제만이 아닌, 뭔가 좀 괴담 같은 구석이 있는 것만 같습니다. 그 괴담에 겁먹고 있는 저로서는 그들이 말하는 '유물론'은 물이 낮은 곳으로 흐르듯 자연스럽게 인정하지만, 그것을 통해 인간을 향한 공포에서 해방되어 푸른 새싹에 눈을 뜨고 희망의 기쁨을 느끼게 되지는 않았습니다.

하지만 저는 한 번도 결석하지 않고 그 R · S(라고 했던 것 같은데 아닌지도 모릅니다)라는 모임에 출석했습니다. '동지들'이 별것도 아닌 걸로 괜히 무슨 중대사나 되는 양 심각한 얼굴로 '1 더하기 1은 2'라는 식의 거의 초등 산수 같은 이론 연구에 몰두하는 모습이 하도 우스워서 제 광대 짓으로 모임의 분위기를 부드럽게 만들려 애썼더니, 그 덕분인지 연구회의 딱딱한 분위기도 점점 풀어졌고 전 그 모임에 없어서는 안 될 인기인까지 된 모양이었습니다. 이 단순해 보이는 사람들은 저를 자신들과 비슷하게 단순하고 낙천적인 광대 '동지' 정도로 생각했는지도 모르겠지만, 만약 그랬다면 저는 이들을 하나에서 열까지 기만하고 있었던 셈입니다. 저는 그들의 동지가 아니었습니다. 그렇지만 한 번도 빠지지 않고 그 모임에 출석해 사람들에게 광대 연기를 서비스했습니다.

제가 좋아서 그랬던 겁니다. 그 사람들이 마음에 들었기 때문입니다. 그게 꼭 마르크스로 맺어진 친밀감과 애정은 아니었습니다.

비합법(非合法). 저는 그것을 은근히 즐겼던 것입니다. 아니, 마음이 더 편했다고 말하는 편이 더 맞는 얘기일 겁니다. 세상의 모든 합법이란 것이 오히려 무섭고(거기에서는 바닥을 알 수 없는 강력한 힘이 느껴집니다), 어떻게 된 구조인지 도무지 이해할 수가 없고, 냉기가 뼛속까지 스며드는 그 창 없는 방에서는 도저히 앉아 있을 수가 없기에, 바깥이 비합법의 바다임을 알면서도 차라리 거기에 뛰어들어 헤엄치다 지쳐 죽어버리는 편이 제게는 속 편한 일로 보였습니다.

음지인(陰地人)이라는 말이 있지요. 인간 세상에서는 비참한 패배자나 악랄한 사람을 가리키는 말인 모양이지만, 전 제 자신이 태어난 순간부터 음지의 존재인 것만 같아서 세상 사람들에게 음지인이라고 손가락질 당하는 사람들을 만나면 늘 다정하게 대하고 싶은 마음이 듭니다. 그 '다정하게 대하고 싶은 마음'은 스스로도 황홀해질 만큼 다정한 마음이었습니다.

죄의식이라는 말도 있지요. 저는 이 인간 세상을 살면서 평생 그 의식에 사로잡혀 고통스럽습니다만, 그것은 어쩌면 제 조강지처 같은 반려자이며 그 의식과 단둘이 쓸쓸히 노닥거리는 것도 제가 살아가는 방식 중 하나였는지도 모릅니다. 또한 속된 말로 '정강이에 상처가 있는 사람*'이라는 말도 있는 모양인데, 바로 그 상처가 제가 갓난쟁이일 때 한쪽 정강이에 저절로 생겨나더니 시간이 갈수록 낫기는커녕 뼈에 사무칠 만큼 점점 더 깊어졌습니다. 밤이면 밤마다 찾아드는 고통은 천변 만화의 지옥 같은데도, (이렇게 말하면 좀 이상하지만) 그 상처는 차츰 내 피와 살보다 친근하게 느껴져서, 그 상처가 주는 통증이 '상처의 살아 있는 감정' 혹은 '애정의 속삭임'으로까지 느껴졌습니다.

그래서 제게 그 지하운동 그룹의 분위기는 이상하게 마음이 놓이고 편했습니다. 그 운동 본래의 목적보다는 그 운동의 기질이 저와 잘 맞았던 겁니다. 호리키는 그저 멍청한 녀석이 구경이나 할 요량으로 갔던 것이어서, 한 번 저를 소개해주러 모임에 나갔을 뿐입니다. 마르크스주의자들은 생산 연구와 동시에 소비 쪽 시찰도 필요하다는, 재미도 센스도 없는 농담을 남긴 채 모임에는 코빼기도 보이지 않았습니다. 그저 어떻게든 저를 그 소비 시찰이라는 쪽에 끌고 다니려 안달이었지요. 생각해보면 당시에는 참 다양한 형태의 마르크스주의자가 있었습니다. 호리키처럼 모더니티를 향한 허영심 때문에 자칭 마르크스주의자라고 하는 자도 있고, 또 저처럼 단지 비합법의 냄새가 마음에 든다는 이유로 눌

* 떳떳하지 못하고 켕기는 데가 있는 사람을 말한다.

러앉은 자도 있고 말이지요.

만약 이런 실체를 마르크시즘을 진심으로 신봉하는 자들에게 들켰다면 호리키나 나나 분노의 불벼락을 맞고 비열한 배신자라며 그 자리에서 쫓겨났겠지요. 하지만 저는 물론 호리키마저도 좀체 제명 처분을 당하지 않았습니다. 그중에서도 저는 그 비합법적인 세계에서만큼은 합법적인 신사들의 세계에서보다 오히려 기를 쫙 펴고 이른바 '건강'하게 행동할 수 있었기 때문에 가능성 있는 '동지'로서, 우스꽝스러울 만큼 과도하게 비밀스러운 온갖 임무를 부탁받을 정도가 되었습니다. 저는 그런 임무들을 단 한 번도 거절하지 않고 태연하게 받아들였고, 괜히 부자연스럽게 행동해서 개(동지들은 경찰을 개라고 불렀습니다)의 의심을 받고 불심검문을 당해 일을 망치는 경우도 없었습니다. 항상 웃으면서, 또한 사람들을 웃기면서, 그들 말로는 그렇게나 위험하다는(그 운동을 하는 무리들은 무슨 대단한 일이라도 되는 양 긴장해서는 어설픈 탐정소설 흉내까지 내가며 극도로 경계했는데 그러고서는 제게 부탁하는 일이란 게 참 어이가 없을 정도로 시시한 것들이었지요. 그래도 그들은 그 임무가 엄청나게 위험하다며 잔뜩 힘을 줬습니다) 일들을 척척 확실하게 처리해냈습니다.

당시 제 심정을 말할 것 같으면, 공산당원이라는 이유로 체포되어 종신형으로 형무소에서 썩게 된다 하더라도 괜찮았습니다. 세상 인간들의 '실생활'을 두려워하며 매일 밤 불면의 지옥에서 신음하느니 차라리 감옥이 편할지도 모른다고 생각했습니다.

아버지가 사쿠라기초의 별장에 머물 때도 손님 맞이하랴, 외출하랴, 같은 집에 살면서도 사나흘씩 얼굴도 구경하지 못하는 경우가 대부분이었는데, 그런데도 저는 아버지가 껄끄럽고 무서워서 집을 나가 어디 하숙이라도 했으면 좋겠다 싶었습니다. 하지만 어디까지나 희망 사항일 뿐 입도 벙끗 못하고 있었는데, 때마침 아버지가 그 집을 팔 생각이라는 말을 별장지기 영감에게서 들었습니다.

아버지의 의원 임기가 슬슬 만기가 다 되기도 했고 이런저런 사정이 있었겠지만, 더는 선거에 출마할 의사가 없는 눈치인 데다 고향에 은퇴 후 지낼 집도 한 채 지어놓아서 도쿄에는 이제 미련이 없는 모양이었습니다.

게다가 기껏해야 고등학교 1학년생인 저를 위해 큰 저택과 하인들까지 제공하는 것도 낭비라고 생각했는지 어쨌는지(아버지의 속내 역시 세상 사람들의 마음과 마찬가지로 저는 잘 모릅니다) 아무튼 그 집은 얼마 지나지 않아서 남의 손에 넘어갔습니다. 저는 혼고 모리카와초에 있는 센유칸이라고 하는 낡은 하숙집의 어두침침한 방으로 이사를 했습니다. 그러자 당장에 돈이 궁해졌습니다.

그때까지 아버지한테서 다달이 정해진 액수의 용돈을 받았고, 그게 이삼일 만에 떨어져도 담배며 술이며 치즈에 과일까지 언제든 집에 굴러다녔고 책이나 문구나 옷 같은 것들까지 몽땅, 언제든지 근처 가게에서 이른바 '외상'으로 구할 수 있었습니다. 호리키에게 메밀국수나 튀김 덮밥을 사 주는 경우에도 아버지의 단골 식당으로 가면 저는 아무 말 없이 식당을 나와도 괜찮았습니다.

그런데 갑작스레 혼자 하숙을 하게 되고 무조건 다달이 송금되는 정해진 돈으로 해결해야 하자 저는 당황했습니다. 송금 받은 돈은 아니나 다를까 이삼일이면 바닥나더군요. 저는 두려움과 불안감에 미칠 것 같은 심정이 되어서 아버지, 형, 누나에게 번갈아 가며 돈을 부탁하는 전보와 자세한 사정을 적은 편지(그 편지에서 하소연한 사정들이란 모조리 우스꽝스런 거짓말이었습니다. 남에게 뭘 부탁할 때는 먼저 그 사람을 웃기는 게 상책이라고 생각했던 것이지요)를 연발하는 한편, 호리키가 알려준 대로 전당포를 문지방이 닳도록 드나들었지만 늘 돈에 허덕였습니다.

애초에 아무 연고라고는 없는 하숙집에서 혼자 '생활'해갈 능력이 저에게는 없었던 것입니다. 저는 혼자 하숙방에 멀거니 있기가 무섭고 당장에라도 누가 쳐들어와 공격할 것만 같아서, 거리로 뛰쳐나가 그 지하운동을 거들거나 호리키와 함께 싸구려 술집을 전전하는 등 학업이고 그림 공부고 거의 내팽개친 꼴이 되었습니다. 급기야 저는 고등학교에 입학한 지 2년째 되던 해 11월에 연상의 유부녀와 동반 자살 사건을 일으켰는데, 그 이후 제 처지는 순식간에 변해버렸습니다.

학교는 순 결석만 하고, 학과 공부 역시 쳐다보지도 않았는데 희한하게 시험 답안을 쓰는 데는 요령이 있어서 그 전까지는 그럭저럭 고향의 부모님을 속일 수 있었습니다. 하지만 2학년도 끝나갈 때쯤이 되자 출석 일수가 부족하다는 사실을 학교 측에서 고향의 아버지에게 은밀히 보고한 모양이었습니다. 큰형님이 아버지를 대신해 위압적인 문장의 긴 편지를 제게 보냈습니다. 하지만 그보다 당장 저를 힘들게 한 것은 돈이 없다는 것, 그리고 그 운동에서 맡은 임무들이 도저히 노는 기분으로는 해낼 수 없을 정도로 치열하고 바빠졌다는 것이었습니다. 중앙 지부라고 했던가 무슨 지부라고 했던가, 아무튼 제가 혼고, 고이시카와, 시타야, 간다 일대 모든 학교의 마르크스 학생 모임에서 행동 대대장이 되어 있었습니다. 무장봉기라는 말을 듣고 작은 칼을 사서(지금 생각하면 연필도 못 깎을 칼이었습니다) 레인코트 주머니에 넣고 여기저기 뛰어다니며 이른바 '연락'하는 담당이었던 것이지요. 술 한잔 걸치고 푹 자고 싶은데 그럴 돈이 없었습니다.

게다가 P(당을 그런 은어로 불렀던 것으로 기억하는데 틀렸는지도 모르겠습니다) 쪽에서는 숨 쉴 틈도 주지 않고 끊임없이 임무를 맡겼습니다. 제 병약한 몸으로는 도저히 이겨낼 수가 없게 됐습니다. 애초에 비합법이라는 사실에 흥미를 느껴서 그 그룹 일을 거들고 있을 뿐이었는데 이렇게 버거울 정도로 일이 바빠지자 저는 내심 P 쪽 사람들에게 그건 잘못돼도 한참 잘못된 것이고, 당신들 직계 사람에게 시킬 일을 왜 나한테 시키느냐고 따지고 싶었습니다. 결국 저는 아주 넌더리가 나서 도망쳤습니다. 그런데 막상 도망을 치니 영 마음이 좋지 않아 죽고 싶었습니다.

그즈음 제게 호의를 보이던 여자가 세 명 있었습니다. 한 명은 하숙집인 센유칸의 딸이었습니다. 이 아가씨는 제가 그 운동 때문에 이리 뛰고 저리 뛰다 파김치가 되어 돌아와서 밥 한술 못 뜬 채 잠자리에 들려 하면 꼭 편지지와 만년필을 갖고 제 방에 찾아와서는 "죄송해요. 밑에서는 동생들이 워낙 떠들어대서 마음 놓고 편지 한 장 쓸 수가 없어서요" 하며 제 책상 앞에 앉아 한 시간도 넘게 편지를 씁니다.

저도 참 그런 게, 그러거나 말거나 모른 척 자면 될 것을 이 아가씨가 제 이야기를 듣고 싶어 하는 눈치를 차마 외면하지 못해서 예의 그 수동적인 봉사 정신을 발휘합니다. 정말이지 단 한마디도 하고 싶지 않은 기분인데도 지쳐 축 늘어진 몸에 '흡!' 기합을 넣고는 바닥에 배를 깔고 엎드린 채 담배를 태우며 이야기를 시작합니다.

"여자한테 받은 연애편지로 물을 데워서 목욕을 한 남자가 있다더군."

"어머, 너무해. 요조 씨죠?"

"우유를 데워 마신 적은 있지."

"영광이네요, 많이 마시세요."

이 여자 얼른 안 내려가나. 편지라니 그 속을 누가 모를 줄 알고. 보나 마나 낙서나 하고 있을 테면서 말이지요.

"어디 좀 보여줘."

죽어도 보고 싶지 않지만 예의상 그리 말합니다.

"어머, 싫어요, 싫다니까요."

좋아하는 속내가 너무 빤해서 없는 정마저 떨어집니다.

저는 심부름이나 시키자고 꾀를 냅니다.

"미안하지만 전찻길 약국에 가서 칼모틴 좀 사다줄래? 너무 피곤하니까 얼굴도 화끈거리고 오히려 잠이 안 오네. 미안해. 돈은……."

"됐어요, 돈은."

좋다고 일어섭니다. 심부름을 시키는 것은 결코 여자를 실망시키는 게 아닙니다. 여자들은 남자에게 부탁을 받으면 오히려 기뻐한다는 것을 저는 잘 알고 있었습니다.

또 한 사람은 여자고등사범학교의 문과생으로, 이른바 '동지'였습니다. 이 사람과는 그 운동 때문에 좋건 싫건 날마다 얼굴을 마주해야 했습니다. 회의가 끝난 뒤에도 이 여자는 종일 제 뒤를 졸졸 따라다니며 뭘 그렇게 자꾸 사주는 겁니다.

"날 친누나라고 생각해."

"그렇게 생각하고 있어요."

저는 그 가식적인 말에 움찔하면서도, 우수 어린 억지 웃음을 짓습니다. 어쨌거나 이 여자를 화나게 하면 무서우니 어떻게든 어물어물 잘 지내야 한다는 일념 하나로 저는 그 추하고 지긋지긋한 여자에게 봉사했습니다. 그 여자가 뭔가를 사주면(그 사주는 물건들이라는 게 하나같이 취향이 촌스러워서 대부분 받으면 바로 꼬치구이집 영감이나 다른 사람들에게 줘버렸습니다) 기쁜 얼굴로 농지거리를 해 웃겼습니다. 어느 여름밤, 도대체가 떨어질 생각을 하지 않기에 어둑한 골목에서 제발 돌아가달라는 심정으로 키스를 했더니, 한심하게도 미칠 듯 흥분해서는 자동차를 불러 그 사람들이 운동을 위해 비밀리에 빌려놓은 빌딩 사무실 같은 좁은 방으로 데리고 가 아침까지 아주 난리법석을 피우는 엉뚱한 결과가 되었습니다. 참 기가 막힌 누님이구나 싶어 쓴웃음이 나오더군요.

하숙집 딸이나 이 '동지' 같은 경우 어쩔 수 없이 매일 얼굴을 봐야 하는 상황이라 지금까지 겪어온 다른 여자들처럼 재주 좋게 따돌릴 방법이 없어서 질질 끌려다니는 형편이었고, 제 고질적인 불안감 때문에 열심히 이 두 사람의 비위를 맞춰주다 보니 어느새 저는 꼼짝없이 이들에게 매인 꼴이 되어 있었습니다.

비슷한 시기에 저는 긴자에 있는 어느 큰 카페 여급한테 생각지도 못한 신세를 졌습니다. 딱 한 번 만났을 뿐이었지만 그 신세 진 일 때문에 발이 묶여서 옴짝달싹 못할 정도로 걱정과 불안에 시달리게 되었습니다. 그 무렵에는 굳이 호리키의 안내 없이도 저 혼자서 전차도 탈 수 있었고, 가부키 극장도 출입할 수 있었고, 허름한 차림새로 카페에 드나들 수도 있을 만큼은 뻔뻔해져 있었습니다. 마음속으로는 여전히 인간의 자신감과 폭력성을 의심하고 두려워하고 고민했지만 겉으로나마 조금씩 타인과 맨정신으로 인사를, 아니, 아니지요, 제 천성이 어디 가겠습니까? 여전히 무력한 광대의 쓰디쓴 웃음을 짓지 않고서는 인사도 제대로 못하는 저였지만 어쨌든 정신이 반쯤 나간 어버버 인사라도 어떻게든 할 수 있을 정도의 '기량'을, 역시 그 운동으로 이리저리 뛰어다닌 덕분인지 아니면 여자 덕분인지, 그것도 아니면 술 덕분인지, 아무튼 연마해가고 있었습니다. 아마도, 사실은 돈이 없어 쩔쩔맨 덕분이었을 겁니다.

어딜 가도 무서운 마음이 사라지질 않으니 차라리 큰 카페에서 수많은 취객이며 여급, 웨이터 속에서 부대끼면 이 끊임없이 쫓기는 듯한 마음이 좀 달래지지 않을까 싶더군요. 그래서 10엔을 들고 긴자의 그 큰 카페에 혼자 들어가 웃으며 상대 여급에게 말했습니다.

"10엔밖에 없으니 적당히 알아서."

"걱정 마세요."

간사이 사투리가 섞인 말투였습니다. 그런데 그 한마

디가 희한하게도 두려움에 떨고 있던 제 마음을 차분히 가라앉게 해줬습니다. 아니, 돈 걱정이 사라졌기 때문이 아닙니다. 그 사람의 곁에 있으면 걱정 따위 필요 없다는 기분이 들었던 겁니다.

저는 술을 마셨습니다. 그 사람이 곁에 있으면 마음이 놓였기 때문에 광대 연기 따위 할 생각도 들지 않아서 그저 원래 생긴 대로 과묵하고 음침한 면을 숨김없이 보여주며 말없이 술을 마셨습니다.

"이런 거, 좋아해요?"

여자는 갖가지 요리를 제 앞에 줄줄이 내놨습니다. 저는 고개를 저었습니다.

"술만 마시게요? 저도 한잔 줘요."

가을날, 추운 밤이었습니다. 저는 쓰네코(라고 했던 것 같은데 기억이 희미해져 확실하지 않습니다. 저는 동반 자살을 하려 했던 상대 이름조차 잊어버린 한심한 놈입니다)가 일러준 대로 긴자 뒷골목의 한 노점 초밥집에서 맛이라곤 없는 초밥을 먹으며 그녀가 퇴근하기를 기다리고 있었습니다. (저는 왜, 그녀의 이름은 잊어버려 놓고, 그때 먹은 초밥이 맛없었음은 왜 이리 생생하게 기억하고 있을까요? 게다가 얼굴이 구렁이같이 생긴 까까머리 아저씨가 고개를 흔들흔들하며 무슨 달인이라도 되는 양 초밥을 만들던 모습까지 눈앞에서 보듯 선명히 떠오릅니다. 훗날 전차 같은 데서 '어디서 본 얼굴인데' 하며 이리저리 생각하다 '맞다, 그때 그 초밥집 아저씨랑 닮았네' 하며 쓴웃음을 지은 적도 여러 번 있습니다. 그녀의 이름도, 얼굴도 기억에서 사라진 지금 그 초밥집 아저씨의 얼굴만은 오히려 그림으로 그릴 수 있을 정도로 또렷하게 기억나다니. 그때 먹은 초밥이 어지간히 맛이 없어 제게 한기와 고통을 안겨줬나 봅니다. 하기야 저는 누가 맛집이라며 데려간 초밥집에서 초밥을 먹고 맛있다고 느낀 적이 한 번도 없습니다. 너무 커요. 엄지손가락 크기로 좀 야무지게 뭉치면 좋겠다고 항상 생각합니다.)

쓰네코는 혼조의 어느 목수집 2층에 세 들어 살고 있었습니다. 저는 그 2층에서 지독한 치통에 시달리는 사람처럼 한 손을 뺨에 댄 채 차를 마셨습니다. 평소와 달리 제 음울한 심리를 감추려는 노력을 전혀 하지 않았는데, 그런 제 모습이 오히려 그 사람은 마음에 든 모양입니다. 그 사람은 늦가을 찬바람이 불면 낙엽을 우수 수 떨구는, 그런 고독한 느낌을 온몸에 휘감고 있는 여자였습니다.

함께 자면서 그 사람이 저보다 두 살 연상이며 고향은 히로시마라는 것을 알았습니다.

"남편이 있어요. 히로시마에서 이발소를 하다가 작년 봄에 같이 가출해서 도쿄로 도망쳐 왔는데, 남편은 여기서 제대로 된 일거리를 못 찾더니 사기죄로 형무소에 잡혀갔어요. 매일 형무소에 찾아가서 이것저것 챙겨 넣어줬는데, 내일부터는 그만두려고요."

이런 이야기까지 해줬습니다만, 저는 어떻게 된 일인지 여자들의 신세 한탄에는 별 감흥이 없습니다. 그녀들의 이야기하는 방식이 서툴러서 그런지 (그러니까 이야기의 초점을 제대로 잡지 못해서 그런지) 아무튼 무슨 이야기를 하건 제 귀에는 그저 마이동풍이었습니다.

외롭다.

여자들의 천 마디 신세 한탄보다 그 한마디 중얼거림에 저는 공감할 것 같은데, 이 세상 여자들의 입에서 그 말이 나오는 것을 끝내 단 한 번도 들어보지 못했다는 사실이 기괴하고도 불가사의하게 느껴집니다. 하지만 그녀는 입으로는 '외롭다'고 말하지 않았지만 대신 지독한 외로움을 몸 외곽에 한 치 폭의 기류처럼 뿜어내고 있습니다. 그래서 그 사람 곁에 다가가면 제 몸도 그 기류에 휩싸여, 제가 가진 뾰족뾰족 가시 돋친 음울함의 기류와 잘 녹아들었습니다. 저는 '물속 바닥 바위에 달라붙은 말라죽은 가랑잎' 같은 공포와 불안에서 벗어날 수 있었습니다.

백치 매춘부들의 품속에서 안심하고 쿨쿨 자던 때의 기분과는 또 다르게(우선 그 매춘부들은 명랑했습니다) 그 사기꾼의 아내와 보낸 하룻밤은 제게 무척이나 행복하고(이런 가당찮은 단어를 아무런 망설임 없이 인정하고 사용하는 일은 이 수기를 통틀어 다시는 없을 겁니다) 해방된 밤이었습니다.

하지만 단 하룻밤이었습니다. 아침에 눈을 뜨고 벌떡 일어났을 때, 저는 본래의 경박하고 위장에 능한 광대로 돌아와 있었습니다. 겁쟁이는 행복마저도 두려워하는 법입니다. 솜에도 상처를 입습니다. 행복에 상처를 입는 경우도 있는 겁니다. 저는 상처받기 전에 얼른 헤어지고 싶어 마음이 급해지는 통에 광대 짓이라는 연막을 사방에 둘러쳤습니다.

“돈 떨어지는 날이 인연 끊어지는 날이라는 말 있지, 그건 해석이 거꾸로 됐어. 돈이 떨어지면 여자한테 차인다는 뜻이 아니야. 돈이 떨어지면 남자가 제풀에 의기소침해져서 한심해지고 웃는 목소리에 힘도 없어지고, 그러다 괜히 비딱해지고 말이야. 결국에는 될 대로 되라는 심정으로 남자가 먼저 여자를 차는 거지. 정신이 반은 나가서는 차고, 차고, 또 차고 끝까지 찬다는 뜻이란 말이지. 가네자와 대사전에 그렇게 나와 있어. 딱한 노릇이지. 나도 그 심정 잘 알지만.”

그런 식으로 말 같지도 않은 소리를 해서 쓰네코의 웃음보를 터뜨렸던 기억이 납니다. 더 오래 머물러봐야 근심만 쌓인다 싶어 세수도 하지 않고 잽싸게 그 집을 나섰는데 그때 제가 ‘돈 떨어지는 날이 인연 끊어지는 날’이라고 입에서 나오는 대로 내뱉은 말이 훗날 뜻밖에도 제 발목을 잡게 됩니다.

그 뒤로 한 달, 저는 그날 밤의 은인과 만나지 않았습니다. 헤어지고 날이 지날수록 기쁨은 희미해지고 덧없는 순간의 은혜가 도리어 부담이 되어 제풀에 스스로에게 굴레를 뒤집어씌우게 됐습니다. 카페에서 술값을 계산할 때 모조리 쓰네코에게 떠안겼던 세속적인 일까지 슬슬 마음에 걸리기 시작하면서 쓰네코도 하숙집 딸이나 그 여자고등사범학교 동지와 하나 다를 것 없는, 저를 위협하는 여자일 뿐이라는 생각이 들었습니다. 저는 멀리 떨어져 있으면서도 줄곧 쓰네코를 두려워했고, 더군다나 함께 잤던 여자를 다시 만나면 별안간 불같이 화를 낼 것만 같아 극도로 불안했습니다. 안 그래도 사람 만나기를 꺼리는 성격이었다 보니, 갈수록 더욱더 긴자를 멀리하게 되었습니다. 하지만 그 꺼리는 천성은 결코 제가 교활해서가 아닙니다. 여자라는 존재는 함께 잘 때와 아침에 일어났을 때 사이에 전혀 아무런 한 톨의 연결고리도 없이 완전히 망각한 것처럼, 놀랍도록 두 세계를 칼로 절단한 것처럼 살아가는데, 제가 아직도 그 기이한 현상을 제대로 이해할 수가 없기 때문입니다.

11월 말, 저는 호리키와 간다의 노점에서 싸구려 술을 마셨는데 이 원수 같은 친구가 그 노점을 나선 뒤에도 다시 2차를 가자고 우겼습니다. 우리는 이미 호주머니를 탈탈 털어 써버렸는데도 자꾸만 마시자고 조르는 겁니다. 그때 저는 취해서 대담해져 있었던 것 같습니다.

"알았어, 그럼 내가 꿈나라로 안내해주지. 놀라지 마, 주지육림이라고……."

"카페야?"

"어."

"가자!"

이렇게 해서 우리 두 사람은 전차를 탔고, 호리키는 신바람이 나서 떠들어댔습니다.

"아, 오늘 밤은 여자가 몹시 그립구나. 여급한테 키스해도 되겠냐?"

호리키가 그런 추태를 부리는 것을 저는 평소부터 달갑게 여기지 않았습니다. 호리키도 그걸 잘 알기에 미리 다짐을 받은 것입니다.

"들었지? 키스할 거야. 내 옆에 앉는 여급한테 무슨 일이 있어도 키스할 테니까. 알아들었어?"

"마음대로 해."

"이런 고마울 데가! 난 여자가 그립다고."

긴자 4번가에서 내려 이른바 주지육림이라는 그 큰

카페에 쓰네코 하나만 믿고 무일푼으로 들어가서 빈자리를 찾아 호리키와 마주앉았습니다. 엉덩이를 붙이기가 무섭게 쓰네코와 또 한 명의 여급이 달려왔습니다. 그런데 다른 한 명의 여급이 제 옆에, 쓰네코는 호리키 옆에 떡하니 앉기에 저는 순간 얼어붙었습니다. 쓰네코는 곧, 키스를 당하겠구나.

섭섭했던 것은 아닙니다. 저는 애초에 소유욕이라는 게 희박했고, 행여나 살짝 섭섭한 마음이 들었다 해도 소유권을 당당히 주장하며 상대와 싸울 기력 따위는 없었습니다. 훗날 제 처가 더럽혀지는 꼴도 입 다물고 구경만 한 게 저라는 사람입니다.

저는 인간들이 옥신각신하는 데는 될 수 있으면 끼어들고 싶지 않았습니다. 그 소용돌이에 휘말리는 게 무서웠습니다. 쓰네코와 저는 고작 단 하룻밤을 보낸 관계입니다. 쓰네코는 제 것이 아닙니다. 섭섭하다느니 하는 주제넘은 욕심 따위, 제게 있을 리 없습니다. 그럼에도 불구하고 저는 얼어붙었습니다. 제 눈앞에서 호리키의 뜨거운 키스 세례를 받아야 하는 쓰네코의 처지가 가여웠기 때문입니다. 호리키한테 더럽혀진 쓰네코는 나와 헤어지겠지. 더구나 나한테는 쓰네코를 붙잡을 만한 적극적인 열정도 없어. 아아, 이제 여기서 끝이구나. 그렇게 쓰네코의 불행에 한순간 얼어붙었는데, 다음 순간 저는 흐르는 물처럼 순순히 포기한 채 호리키와 쓰네코의 얼굴을 번갈아 보며 실실 웃었습니다.

하지만 사태는 정말이지 뜻밖에도 더 나쁜 방향으로 전개되었습니다.

"못하겠다!"

호리키가 입술을 일그러뜨리며 그렇게 입을 열었습니다.

"아무리 그래도 이런 궁상스런 여자하고는……."

딱 질색이라는 듯 팔짱을 낀 채 쓰네코를 빤히 보며 쓴웃음을 짓는 것이었습니다.

"술 좀 줘. 돈은 없어."

저는 작은 목소리로 쓰네코에게 말했습니다. 아주 그냥 술독에 빠져버리고 싶은 심정이었습니다. 속물들의 눈에 쓰네코는 술주정뱅이한테도 키스 받을 가치가 없는 초라하고 궁상스런 여자였던 겁니다. 제게는 너무도 뜻밖이고 예상치도 못했던, 청천벽력과도 같은 소리였습니다. 저는 생에 처음이라 해도 좋을 만큼 술을 들이붓고 또 들이부어 고주망태가 돼서는 쓰네코와 얼굴을 마주한 채 서글픈 웃음을 나누었습니다. 아닌 게 아니라 가만 보니 이 친구 참 피곤에 절어 있는 데다 궁상스럽기 짝이 없는 여자네, 싶은 생각도 들면서 동시에 돈 없는 사람들끼리 느끼는 친화감(부자와 빈자의 불화는 진부한 것 같아도 역시 드라마의 영원한 주제 중 하나라고 이제서야 저는 생각합니다), 그 친화감이 가슴에서 복받쳐오르면서 쓰네코가 사랑스러워지는 게, 난생처음으로 제 쪽에서 적극적으로 미약하나마 사랑의 감정이 꿈틀대는 것을 자각했습니다. 토했습니다. 인사불성이 되었습니다. 술을 마시고 이렇게 정신을 잃을 정도로 취한 것도 이때가 처음이었습니다.

눈을 뜨니 머리맡에 쓰네코가 앉아 있었습니다. 저는 혼조의 목수집 2층에 누워 있었습니다.

"돈 떨어지는 날이 인연 끊어지는 날이라는 둥 하기에 농담인가 했더니 진심이었던 거네요. 어쩜 그리 발길을 딱 끊을 수가 있는지. 인연 끊는 것도 참 까다롭네요. 돈은 내가 벌면 안 되는 건가?"

"안 돼."

그 말을 끝으로 여자도 내 곁에 누웠습니다. 동틀 무렵 여자의 입에서 '죽음'이라는 단어가 처음으로 나왔는데, 여자 역시 인간으로서 삶을 살아가는 데 몸서리나도록 지친 모양인 데다 저 역시 세상을 향한 공포, 버거움, 돈, 지하운동, 여자, 학업, 생각하면 할수록 도저히 더는 버티지 못할 것 같기에 그 사람의 제안에 선뜻 동의했습니다.

하지만 그때까지만 해도 아직 정말로 '죽을 각오'까지는 되어 있지 않았습니다. 어딘가 '장난기' 어린 마음이 숨어 있었습니다.

그날 오전, 우리 두 사람은 아사쿠사의 롯쿠 거리를 헤매고 걸어다녔습니다. 그러다 어느 찻집에 들어가 우유를 마셨습니다.

"당신, 돈 좀 내줘요."

그녀의 말에 저는 일어나 소맷자락에서 지갑을 꺼내어 열었습니다. 동전이 달랑 세 개. 수치심보다는 처참하다는 감정에 사로잡힌 그 순간 머릿속에 떠오른 것은 센유칸의 제 하숙방이었습니다. 교복과 이불만 남아 있을 뿐, 전당포에 잡힐 물건이라고는 눈 씻고 찾아도 없는 황량한 방. 그 밖에는 지금 입고 있는 허름한 기모노와 망토뿐이었습니다. 이게 내 현실이다, 더는 살아갈 수 없다. 나는 그 순간 똑똑히 깨달았습니다.

쩔쩔매고 있으려니 여자도 일어나 제 지갑 안을 들여다봤습니다.

"어머, 그게 다예요?"

무심결에 나온 말이겠지만 이게 또 뼛속까지 사무칠 정도로 아팠습니다. 처음으로 제가 사랑한 사람의 말이었던 만큼, 많이 아팠습니다. 그게 다고 뭐고 말할 것도 없습니다. 동전 세 개라니, 이건 돈도 아닙니다. 그것은 제가 지금껏 한 번도 맛본 적 없는 기묘한 굴욕이었습니다. 도저히 살아낼 수 없는 굴욕이었습니다. 결국 그 무렵까지만 해도 저는 아직 부잣집 도련님이라는 종족에서 미처 다 벗어나지 못했던 것이겠지요. 그 순간 저는 누구의 제안 때문이 아니라, 스스로 죽겠다는 결심을 했습니다.

그날 밤 우리는 가마쿠라의 바다에 뛰어들었습니다. 이 허리띠는 가게 친구한테 빌린 거니까, 하며 여자가 허리띠를 풀어서 곱게 접어 바위 위에 놓기에 저도 망토를 벗어 같은 자리에 두고 함께 물속으로 뛰어들었습니다.

여자는 죽었습니다. 저는 살아남았습니다.

제가 고등학교 학생인 데다 아버지의 명성도 있어 어느 정도 기삿거리가 될 만했는지 신문에서 제법 큰 문제로 다루었던 모양입니다.

저는 바닷가 병원에 수용되었고 고향에서 친척 한 명이 좇아와 이래저래 뒤치다꺼리를 해줬습니다. 그 사람은 제게 고향의 아버지를 비롯한 일가친척 모두 노발대발하고 있어 이대로 의절하게 될지도 모른다는 통고를 하고 돌아갔습니다. 그러나 그보다 저는 죽은 쓰네코가 그리워 내내 훌쩍훌쩍 울기만 했습니다. 정말로 지금껏 만나온 사람들 가운데 그 궁상스런 쓰네코 한 사람만을 진정 좋아했으니까요.

하숙집 딸한테서 시를 50수나 써 내린 긴 편지가 왔습니다. '날 위해 살아주오'라는 괴상한 말로 시작되는 시로만 50수였습니다. 간호사들이 까르르 웃으며 제 병실에 놀러 와서는 제 손을 꼭 잡은 다음 돌아가기도 했습니다.

그 병원에서 제 왼쪽 폐에 이상이 있다는 사실이 발견됐는데 이것이 제겐 퍽 다행이었습니다. 얼마 안 있어서 저는 '자살방조죄'라는 죄명으로 병원에서 경찰로 끌려갔는데 환자 취급을 받아 특별히 보호실에 수용되었으니까요.

깊은 밤, 보호실 옆의 숙직실에서 불침번을 서던 나이 든 순경이 문을 살짝 열더니 "이봐!" 하고 저에게 말을 걸었습니다.

"춥지? 이쪽으로 와서 불 좀 쬐지 그래."

저는 일부러 풀 죽은 어린양처럼 얌전히 숙직실로 들어가서 의자에 앉아 화롯불에 몸을 쬐었습니다.

"아무래도 죽은 여자가 그립겠지?"

"예."

일부러 기어들어 가는 모기 목소리로 대답했습니다.

"그게 사람의 정이라는 거야."

그는 점점 더 대담해졌습니다.

"처음 여자와 관계를 맺은 게 어디지?"

무슨 재판관이라도 되는 양 거만하게 물었습니다. 그

는 저를 어린애라고 얕잡아보고 무료한 가을밤의 심심풀이 삼아 마치 자신이 취조 담당 형사라도 되는 것처럼 제게서 음담패설을 끌어내려는 속셈인 모양이었습니다. 그 시커먼 속내를 곧바로 알아챈 저는 터져나오는 웃음을 참느라 고생했습니다. 일개 순경의 그런 '비공식적인 심문'에는 답변을 거부해도 괜찮다는 사실쯤이야 저도 알고 있었지만 깊어가는 가을밤에 흥취나 돋워볼까 싶어 어디까지나 온순하게, 그 순경이 정말로 취조 담당 형사이며 죄의 경중을 결정하는 것도 모두 그 순경의 뜻 하나에 달려 있음을 굳게 믿고 있는 것처럼 성심성의를 다할 것임을 온몸으로 드러내며 그의 음흉한 호기심을 적당히 만족시켜줄 수 있는 정도로 지어낸 '진술'을 했습니다.

"음, 대충 가닥이 잡히는군. 이렇게 솔직하게 털어놓으면 우리도 그 부분은 다 참작을 해주니까 말이야."

"고맙습니다. 잘 부탁드립니다."

거의 신들린 연기였습니다. 제게 무엇 하나 득 될 것이 없는 열연이었습니다.

날이 밝자 저는 서장에게 불려 갔습니다. 이번에는

정식 취조입니다. 문을 열고 서장실에 들어서는 순간 이런 말이 날아들었습니다.

"호오, 잘생긴 친구로군. 자네가 무슨 잘못이 있겠나. 이렇게 잘생긴 아들을 낳은 자네 어머님이 나쁘지."

피부가 거무스름한, 아마도 대학까지 졸업했을 것으로 보이는 젊은 서장이었습니다. 느닷없이 그런 말을 듣자 저는 마치 제 얼굴 반쪽이 붉은 반점으로 뒤덮인 듯한, 흉한 불구자라도 된 듯한 비참한 기분이 들었습니다.

유도 선수나 검도 선수처럼 보이는 이 서장의 취조는 참 시원시원했습니다. 전날 밤 노(老)순경의 엉큼하고 집요하기 짝이 없던 음흉한 '취조'와는 천지 차이였습니다. 심문이 끝나자 서장은 검사국에 보낼 서류를 작성하면서 말했습니다.

"몸부터 챙겨야겠어. 각혈을 한다고?"

그날 아침부터 이상하게 기침이 자주 나와서 기침을 할 때마다 손수건으로 입을 막았는데 손수건에 벌건 싸락눈이라도 내린 것처럼 피가 묻어 있었습니다. 그런데 그건 목에서 나온 피가 아니라 귀밑에 생긴 종기를 간밤에 조몰락거리는 바람에 거기서 나온 피였습니다. 하지만 그런 이야기는 털어놓지 않는 게 좋겠다는 생각이 퍼뜩 들어서 "예" 하고 눈을 내리깔며 얌전히 대답했습니다.

서류 작성을 끝낸 서장이 말했습니다.

"기소가 될지 어떨지는 검사 소관이니, 자네 신병 인수인한테 전보든 전화든 해서 오늘 요코하마 검사국으로 와 달라고 하는 게 좋겠어. 올 사람 있지? 자네 보호자라든가 보증인."

아버지의 별장에 드나들던 사람 중 시부타라는 서화 골동품상이 있었는데, 같은 고향 출신에 아버지의 아첨꾼 역도 하던 땅딸막한 사십 대의 그 독신남이 제 학교 보증인이라는 게 떠올랐습니다. 그 남자 얼굴이, 특히 눈매가 넙치를 닮았다 해서 아버지는 늘 그를 넙치라 불렀고 저도 그렇게 부르는 게 익숙해져 있었습니다.

저는 경찰의 전화번호부를 빌려 넙치의 집 전화번호를 찾아낸 다음 그 번호로 전화해 요코하마 검사국까지 와달라고 부탁했습니다. 넙치는 갑자기 딴사람이라도 된 것처럼 거만한 말투였는데, 그래도 어쨌든 와주기로 했습니다.

"어이, 그 전화기 당장 소독해. 각혈을 하고 있다니까."

제가 보호실로 물러나자 순경들에게 전화기를 소독하라 지시하는 서장의 커다란 목소리가 보호실에 앉아 있는 제 귀에까지 들렸습니다.

점심때가 지나자 그들은 저를 밧줄로 묶었습니다. 묶인 모습은 망토로 가리는 게 허락되었지만 밧줄 끝은 젊은 순경이 단단히 붙잡고 있었고, 그렇게 둘이서 전차를 타고 요코하마로 갔습니다.

하지만 그때 저는 전혀 불안하지 않았습니다. 불안하기는커녕 그 경찰서 보호실이며 노순경까지 그립기만 한 게, 아아, 저는 대체 어떻게 생겨 먹은 사람일까요. 죄인이 되어 포박을 당하니 도리어 마음이 놓이고 차분하게 진정이 되다니, 그때의 추억을 써내려가는 지금도 정말이지 마음이 편안하고 즐거워지네요.

하지만 그 시기의 그리운 추억들 중에서도 단 하나, 식은땀이 줄줄 쏟아지는 평생 잊지 못할 비참한 실수가 있었습니다. 저는 검사국의 어두침침한 한 방에서 검사의 간단한 취조를 받았습니다. 검사는 마흔 살쯤의 지적이고 차분한 인상의 남자였습니다(혹시라도 저를 미모의 남자라 부를 수 있다 하더라도 그건 음탕한 미모이겠지만, 그 검사의 얼굴은 올바른 미모라 부르고 싶을 만큼 총명하고 평온한 분위기를 풍기고 있었습니다). 마음에 여유가 있고 솔직한 인품으로 보였기 때문에 저도 전혀 경계하지 않고 멍하니 진술을 하고 있었는데, 갑자기 기침이 터져 나왔습니다. 소맷자락의 손수건을 꺼내 든 제 눈에 얼핏 그 핏자국이 보이자 이 기침도 뭔가 보탬이 되지 않을까 하는 비열한 잔꾀가 발동되어 콜록콜록 과장된 가짜 기침을 두 번 더 한 다음 손수건으로 입을 가린 채 검사의 얼굴을 흘끗 쳐다본 그 순간이었습니다.

그가 조용히 미소지으며 말했습니다.

"진짜야?"

저는 식은땀이 주르륵 흘러내렸습니다. 정말이지 지금 생각해도 낯 뜨겁고 당황스러워 어쩔 줄을 모르겠습니다. 중학교 때 그 바보 다케이치가 "일부러 그랬지?" 하며 등을 쿡 찔렀을 때 지옥 불로 굴러떨어지는 심정이었는데 그보다 더한 충격이었습니다. 그 두 일화가 제

생에서 가장 크게 연기에 실패한 두 번의 기록입니다. 검사에게 그런 조용한 치욕을 당하느니 차라리 10년형을 언도받는 게 나았다고 지금까지도 가끔 생각할 정도입니다.

저는 기소유예 처분을 받았습니다. 하지만 기쁘기는커녕 처참한 심경으로 검사국 대기실 벤치에 앉아 신병 인수인인 넙치가 오기를 기다리고 있었습니다. 등 뒤의 높다란 창문 밖에는 노을 진 하늘이 펼쳐져 있었고, 갈매기 한 무리가 '여(女)'라는 글자를 그리며 날고 있었습니다.

세 번째 수기

1

다케이치의 예언 중 하나는 적중하고, 하나는 빗나갔습니다. 여자들이 홀딱 반할 거라는 명예롭지 못한 예언은 맞혔지만, 틀림없이 훌륭한 화가가 될 거라는 축복의 예언은 틀렸습니다.

기껏해야 저는, 조잡한 잡지의 재능 없는 무명 만화가가 되었을 뿐입니다.

가마쿠라 사건 때문에 고등학교에서 퇴학을 당한 저는 넙치네 집 2층의 손바닥만 한 방에서 기거했습니다. 고향에서는 다달이 병아리 눈물 수준의 돈이 왔는데 직접 제 앞으로 보내는 게 아니라 넙치 앞으로 몰래 보내는 눈치였고(그 돈은 고향의 형들이 아버지 모르게 보내고 있는 것 같더군요) 그나마도 그것뿐, 고향과는 모든 인연이 끊어졌습니다. 넙치는 항상 불퉁한 얼굴을 한 채 제가 비위를 맞춰보겠다고 웃어도 마주 웃어주는 법이 없었습니다. 인간이란 이토록 간단히 손바닥 뒤집듯 변하는 건가 싶을 만큼 야비하게, 아니, 도리어 우스꽝스러울 정도로 돌변해서는 "밖에 나가면 안 돼요. 무슨 일이 있어도 나가면 안 돼" 하는 말만 되풀이했습니다.

넙치는 제가 자살할 염려가 있다고 봤는지(제가 여자 뒤를 따라 다시 바다에 뛰어들 위험이 있다고 확신했던 것 같습니다) 절대 외출을 못하게 했습니다. 하지만 술도 못 마시고 담배도 못 피우고 아침부터 밤까지 2층의 손바닥만 한 방의 고타쓰* 안에 처박혀서 헌 잡지나 읽으며 멍청하게 지내고 있는 저는 자살할 기력조차 잃은 상태였습니다.

넙치의 집은 오쿠보의 의학전문학교 근처에 있었습

---

* 일본의 실내 난방 장치의 하나로, 열원을 테이블 아래 두고 이불로 덮는 형태다. 옛날에는 화로를 썼고 현재는 전기를 사용한다.

니다. 서화 골동품상 '청룡원'이라는 간판의 글자만큼은 힘이 잔뜩 들어가 있었지만, 한 건물에 두 집이 사는 공동주택의 한 칸이라 가게 입구도 좁고 가게 안에는 먼지만 풀풀 날리는데다 변변찮은 잡동사니들만 잔뜩 늘어놓고는(애초에 넘치는 가게의 잡동사니를 팔아 먹고사는 게 아니라 이 댁 높은 분이 가진 비장의 물건 소유권을 저 댁 높은 분에게 양도할 때 활약해서 돈을 버는 모양이었습니다) 가게에는 거의 앉아 있지도 않고 아침부터 심기 불편한 얼굴로 총총히 외출을 했습니다. 자리를 비울 때면 열일고여덟 살쯤 먹은 점원 하나가 가게도 보고 제 감시역도 하는데 틈만 나면 동네 아이들과 밖에서 캐치볼이나 하는 주제에 2층의 식객을 무슨 바보나 미치광이로 보는지 어른이 설교하듯 저에게 잔소리를 했습니다. 저는 누구와 말씨름을 못하는 성격이다 보니 그저 지친 척, 혹은 감탄한 척 표정을 지으며 고분고분 잔소리를 듣고 그 말에 복종했습니다.

이 점원이 사실 시부타가 숨겨 놓은 자식인데 뭔가 사정이 있어 친아들이라는 것을 밝히지 않는다는 소문을 예전에 집안사람들한테서 살짝 들은 적이 있습니다.

시부타가 독신인 것도 아마 그런 이유 때문인 듯한데, 제가 원래 남의 일에 관심이 없는 사람이다 보니 자세한 내막은 전혀 모릅니다. 하기는 그 점원의 눈매에서도 묘하게 물고기의 눈을 연상시키는 부분이 있었으니 정말로 넙치의 숨겨 놓은 자식일지도 모르겠습니다. 만약 그 소문이 사실이라면, 두 사람은 참 쓸쓸한 부자지간입니다. 밤늦은 시각, 2층에 있는 저 몰래 둘이서 메밀국수를 배달시켜서 말없이 먹곤 했습니다.

넙치네 집 식사 담당은 늘 그 점원이었습니다. 2층에 있는 귀찮은 식객의 식사는 따로 쟁반에 담아 삼시 세끼 2층으로 가져다주고 넙치와 점원은 계단 아래 눅눅한 방에서 달그락달그락 그릇 소리를 내며 허겁지겁 식사를 했습니다.

3월 말의 어느 날 저녁, 넙치는 뜻밖의 돈 벌 건수라도 물었는지 아니면 무슨 다른 꿍꿍이가 있는지(이 두 가지 추측이 모두 맞더라도 아마 또 다른 몇 가지의, 저 같은 사람은 도저히 추측할 수도 없는 복잡한 원인들이 더 있었겠지만) 웬일로 술상까지 차려 놓고 저를 아래층으로 초대했습니다. 넙치 아닌 참치회를 대접하고는 대접하는 본인이 맛있다며 감탄하고 칭찬도 해대다 멍하니 앉은 식객한테도 술을 권하며 물었습니다.

"앞으로 대체 어쩔 생각입니까?"

그 말에는 대꾸하지 않고 식탁 위 접시에서 잔멸치포를 집어 들어 그 작은 생선들의 은빛 눈알을 보고 있자니 술기운이 얼근히 올라왔습니다. 갑자기 한창 놀고 돌아다니던 때가 그리워지는 게 호리키까지 그리워지면서 '자유'가 간절해져서 그만 울고 싶어졌습니다.

이 집에 온 뒤로는 광대 짓을 할 의욕도 사라져서 그저 넙치와 점원의 멸시 속에 몸을 내맡기고 있었습니다. 넙치 역시 저와 허물없이 길게 이야기하는 상황은 피하는 눈치인데다 저도 굳이 그런 넙치를 쫓아가 뭔가를 호소할 마음도 없다 보니 저는 완전히 얼빠진 식객 노릇만 하고 있었습니다.

"기소유예라는 게 전과 전력이 따라다니고 그런 건 아니랍니다. 그러니 도련님 마음가짐만 제대로 바로잡으면 언제든 새 출발이 가능하다는 거지요. 도련님이 마음을 고쳐먹고 먼저 진지하게 제게 상담을 요청하면 저도 생각해보겠습니다."

넵치의 말투는, 아니 세상 모든 사람의 말투는 이런 식으로 까다롭고 어딘가 모호하고, 빠져나갈 구멍을 미리 만들어 놓는 것 같이 미묘하고 복잡한데, 그 무익하다 싶을 정도의 엄중한 경계심과 무수하다 할 정도의 치사한 계산 속에 저는 늘 당황해서 될 대로 되라는 심정으로 광대 짓을 하면서 얼렁뚱땅 넘어가거나 아니면 말없이 받아들이고 모든 것을 맡기겠다는 패배자적인 태도를 보이고 마는 것입니다.

이때도 사실 넵치가 대충 다음과 같이 간단하게 말했더라면 그것으로 끝날 일이었음을 저는 한참 나중에야 알았습니다. 넵치의 쓸데없는 조심성, 아니 세상 사람들의 이해할 수 없는 겉치레나 체면치레에 말할 수 없이 우울한 기분이 듭니다.

넵치는 그때 이렇게만 말했으면 됐습니다.

"공립이든 사립이든 어디든 4월부터 학교를 다니세요. 학교에 입학하면 생활비는 고향에서 좀 더 넉넉히 보내주기로 했으니까요."

한참 뒤에야 안 사실이지만 내막은 원래 이랬습니다. 곧이곧대로 말해줬더라면 저도 그 말에 따랐겠지요. 그런데 넙치가 쓸데없이 조심하느라 빙 둘러 말한 탓에 일이 얄궂게 꼬이면서 제 삶의 방향이 백팔십도 달라져버린 겁니다.

"진지하게 저와 의논할 생각이 없다면 할 수 없지만요."

"무슨 의논이요?"

저는 정말로 무슨 소리인지 짐작도 가지 않았습니다.

"그야 도련님 심중에 있는 거겠지요."

"예를 들면?"

"예를 들라니요, 앞으로 어쩔 생각인지 도련님 생각을 물어보는 겁니다."

"아무래도 일을 해야 할까요?"

"그게 아니라, 도련님 생각은 어떻습니까?"

"하지만 학교에 가고 싶어도……."

"물론 돈이 필요하지요. 문제는 돈이 아닙니다. 도련님의 생각이에요."

돈은 고향에서 보내주기로 되어 있다는 그 한마디를 왜 해주지 않은 걸까요. 그 한마디면 제 생각도 그냥 따라갔을 텐데, 그때의 저로서는 그저 오리무중이었습니다.

"어때요? 장래 희망 같은 건 없습니까? 도대체가, 사람 하나 돌봐주는 게 얼마나 힘든 일인지, 신세를 지는 사람이야 알 턱이 없겠지요."

"죄송합니다."

"참 걱정이에요. 나도 돌봐주기로 한 이상 도련님이 우유부단하게 지내는 건 보고 싶지 않아요. 멋지게 새 출발을 하겠다는 각오를 보여주세요. 예를 들어, 도련님의 장래 계획이 어떤지 먼저 제게 진지하게 의논을 해 온다면 저도 응할 생각이에요. 물론 그래 봐야 보다시피 가난해빠진 내가 돕는 거니 전처럼 호사스럽기를 바라는 건 가당치도 않지요. 하지만 도련님의 각오가 단단하고 장래 계획이 확실하게 세워졌을 때 나와 의논해준다면 조금이나마 새 출발을 위해 거들 생각이에요. 알겠습니까, 내 마음이 어떤지? 도련님, 앞으로 대체 어쩌실 생각입니까?"

"여기 2층에서 지낼 수 없다면 일을 해서……."

"지금 진심으로 하는 말이에요? 요즘 같은 세상에 제국 대학을 졸업하고도……."

"아니요, 직장인이 되겠다는 게 아니에요."

"그럼 뭡니까?"

"화가요."

큰맘 먹고 말했습니다.

"예에?"

저는 그때 목을 움츠리며 웃는 넙치 얼굴에 비친 그 교활한 그림자를 결코 잊을 수가 없습니다. 경멸의 그림자와 닮은 것 같지만 또 다른, 세상을 바다로 비유하자면 그 바다의 천길만길 깊은 곳에 그런 기묘한 그림자가 어른어른 일렁이고 있을 것만 같은, 뭔가 어른의 삶의 깊은 밑바닥을 힐끔 보여주는 듯한 웃음이었습니다.

그래서야 말할 가치도 없다, 각오라는 게 전혀 안 되어 있다, 생각을 해라, 오늘 하룻밤 진지하게 한번 생각을 해보라는 말을 듣고 저는 쫓기듯 2층으로 올라왔는데 누워서 아무리 생각해도 딱히 뾰족한 수가 떠오르지 않았습니다. 그래서 새벽 무렵 저는 넙치네 집에서 도망쳤습니다.

'저녁에 틀림없이 돌아오겠습니다. 아래 적어 놓은 친구한테 장래 문제로 의논을 하고 올 테니 걱정 마세요. 정말입니다.'

그렇게 편지지에 연필로 큼지막하게 쓴 다음 아사쿠

사에 사는 호리키 마사오의 주소와 성명을 덧붙여 놓고 몰래 넙치의 집을 나왔습니다.

넙치한테 잔소리를 들은 게 분해서 도망친 게 아니었습니다. 넙치의 말마따나 저는 각오라는 게 되어 있지 않은 남자라 장래고 뭐고 도무지 짐작도 가지 않는 데다, 넙치의 집에서 계속 신세를 져서는 넙치에게도 안 될 노릇이고, 이러다 혹시라도 제가 분발해보겠다며 뜻을 세운다 한들 그 새 출발의 자금을 가난한 넙치한테서 다달이 받는다고 생각하니 마음이 너무도 괴로워 견딜 수가 없었기 때문입니다.

하지만 이른바 '장래 계획'이라는 걸 호리키 같은 녀석과 의논하겠다고 진심으로 생각하고 넙치의 집을 나온 것도 아니었습니다. 제가 메모를 남긴 건 어디까지나 조금이라도, 잠시만이라도 넙치를 안심시키고 싶어서였습니다. (그 '잠시'라는 시간 동안 조금이라도 더 멀리 달아나려는, 탐정소설에나 나올 법한 속셈에서 편지를 남겨둔 것이 아닙니다. 그런 심정도 어렴풋이 있기는 했지만, 그보다는 역시 넙치에게 갑작스런 충격을 줘서 그를 혼란에 빠뜨리는 게 두려웠기 때문이라고 말하는 편이 더 정확할 겁니다. 어차피 들통나게 되어 있는데 사실대로 말하기가 두려워 반드시 어떻게든 꾸미는 게 제 서글픈 성격 중 하나입니다. 그건 세상 사람들이 '거짓말쟁이'라고 부르며 경멸하는 성격과 비슷해 보이지만 다릅니다. 저는 어떤 이익을 바라고 꾸며댄 적은 한 번도 없습니다. 산통을 깨버렸을 때 분위기가 돌변하는 게 질식할 만큼 두려워서 나중에 제게 불이익이 될 줄 알면서도 저의 '필사적인 봉사'를, 설령 그것이 비뚤어지고 미약하고 어리석은 것일지라도 그 봉사하는 심정으로 저도 모르게 불쑥 한마디 꾸며 넣는 것입니다. 하지만 이 습관 또한 세상의 이른바 '정직한 사람들'로부터 된통 이용당하는 약점이 되었습니다.) 그 순간 문득 떠오른 호리키의 주소와 이름을 편지지 끄트머리에 써 넣은 것뿐이었습니다.

저는 넙치의 집을 나와 신주쿠까지 걸어가서 품고 있던 책을 팔았습니다. 그러고 나니 더 막막해졌습니다. 저는 모든 사람에게 상냥하지만 '우정'이라는 것은 한 번도 실감해본 적이 없습니다. 호리키처럼 노는 친구는 별개로 치더라도 모든 인간관계는 제게 그저 고통만 줄 뿐이고, 그 고통을 덜어보겠다고 열심히 광대 짓을 하다가 더 기진맥진 녹초가 됩니다. 결국 몇 되지도 않는 지인들의 얼굴을, 그들과 비슷하게 닮은 얼굴조차도 오다가다 마주치면 심장이 철렁하고 현기증이 날 정도로 불쾌한 전율에 휩싸이는 형편인 걸 보면, 저는 남들이 저를 좋아해준다는 건 알지만 남을 사랑하는 능력에는 결함이 있는 것 같습니다(하기는 세상 사람들 역시 진정한 '사랑'의 능력이 있는지 큰 의문이긴 합니다). 그런 제게 '친한 친구'라는 게 생길 리도 없는 데다, '방문'의 능력조차 없었습니다. 남의 집 현관문이 제게는 《신곡》의 지옥문 이상으로 섬뜩해서, 그 문안에 무시무시한 용처럼 눅눅한 비린내가 나는 괴수가 몸부림치는 기척을, 과장이 아니라 실제로 느끼는 것입니다.

친구가 단 한 명도 없다. 찾아갈 곳이 어디에도 없다.

호리키.

그야말로 농담이 진담이 된 꼴이었습니다. 저는 편지에 쓴 대로 아사쿠사의 호리키를 찾아간 것입니다. 지금껏 호리키의 집을 제가 먼저 찾아간 적은 한 번도 없었습니다. 대개 전보를 쳐서 호리키를 불러냈는데 지금은 그 전보칠 돈에도 손이 떨리는데다 초라해진 신세

탓에 생각도 비딱해져서 전보로는 호리키가 나와주지 않을 거라는 생각도 들었기에, 저에게는 가장 힘든 일인 '방문'을 결심하고 한숨을 내쉬며 전차에 올라탔습니다. 이 세상에 내가 믿고 의지할 단 하나의 사람이 호리키란 말인가 싶으니 등골이 오싹해지는 처절한 기분이 엄습해왔습니다.

호리키는 집에 있었습니다. 지저분한 골목 안쪽의 이층집으로, 호리키가 2층의 딱 하나뿐인 세 평짜리 방을 쓰고 아래층에는 호리키의 늙은 부모와 젊은 직원이 셋이서 끈을 꿰매고 박으며 나막신을 만들고 있었습니다.

그날 호리키는 도시 사람으로서 그의 새로운 면모를 저에게 보여줬습니다. 속된 말로 '약아빠졌다'고 하지요. 시골 출신인 제가 놀라 휘둥그레질 정도로 차갑고 교활한 이기주의였습니다. 저처럼 그저 하염없이 휩쓸리기만 하는 사람이 아니었던 겁니다.

"너 참 어이가 없다. 아버지한테 용서는 받았어? 아직 못 받은 거야?"

도망쳐 나왔다는 말은 차마 하지 못했습니다.

저는 항상 하던 대로 어물쩍 넘겼습니다. 호리키가

당장에 눈치챌 게 빤한데도 어물어물 넘기려 했습니다.

"어떻게든 되겠지."

"야, 웃을 일이 아니야. 내가 충고하는데 멍청한 짓은 이쯤에서 그만둬. 난 오늘 볼일이 있어서 말이야. 요즘 내가 많이 바빠."

"볼일이라니 무슨 일인데?"

"야야, 뭐 하는 거야? 방석 실 끊지 마!"

저는 대화하면서 깔고 앉은 방석의 꿰맨 실인지 묶은 실인지 아무튼 술 장식처럼 네 귀퉁이에 달려 있는 실 하나를 무의식중에 손가락으로 쑥 잡아당기거나 만지작거리고 있었습니다. 호리키는 자신의 집 물건이라면 방석에 달린 실 한 올도 아깝다는 듯, 부끄러운 기색도 없이 그야말로 눈에 쌍심지를 켜고 저를 나무랐습니다. 돌이켜 생각해보니 호리키는 지금껏 저와 교제하면서 무엇 하나 잃은 것이 없었습니다.

호리키의 노모가 단팥죽 두 그릇을 쟁반에 얹어 들고 왔습니다.

"아, 이런."

호리키는 뼛속까지 효자라도 되는 양 노모에게 송구

스러워했고 말씨도 부자연스러울 정도로 공손했습니다.

"이거 죄송해서 어쩌죠. 단팥죽이네요? 뭘 이리 극진한 대접을. 이렇게까지 신경 쓸 필요는 없는데. 볼일이 있어서 금방 나가봐야 돼요. 그래도 기왕에 이렇게 어머니가 자랑하시는 단팥죽을 내오셨는데 안 먹으면 아깝죠. 잘 먹겠습니다. 너도 얼른 들어. 어머니가 일부러 만들어주신 거야. 야, 진짜 맛있다. 이렇게 극진할 데가."

꼭 연극만도 아닌 것 같은 게, 굉장히 반색하며 맛있게 먹는 겁니다. 저도 후루룩 들이켜봤지만 물 냄새가 나는데다 새알은 새알이 아니라 정체를 알 수 없는 것이었습니다. 결코 그 가난을 경멸하는 게 아닙니다(저는 그때 그 단팥죽이 맛없다고 생각하지는 않았고, 그 노모의 정성도 사무치게 와 닿았습니다. 저는 가난이 두렵기는 해도 경멸하지는 않습니다). 그 단팥죽, 그리고 그 단팥죽을 반색하는 호리키를 보며 저는 도시 사람의 지독히 인색한 본성, 그리고 안에서의 생활과 밖에서의 처신을 확실히 구별해서 살아가는 도쿄 가정의 실체를 목격했습니다. 안이니 밖이니의 구분은커녕, 그저 끊임없이 인간의 삶으로부터 달아나기만 하는 멍청한 저만 혼자 철저히 남겨지고 호리키한테마저 버림받은 것 같아서 저는 무척 당황했습니다. 칠 벗겨진 젓가락을 놀려 단팥죽을 먹으며 견딜 수 없는 외로움을 느꼈다는 걸 기록해두고 싶을 뿐입니다.

"미안한데 난 오늘 볼일이 있어서."

호리키는 일어나서 겉옷을 입으며 그렇게 말했습니다.

"실례할게, 미안."

그때 한 여자가 호리키를 방문했습니다. 그때 제 운명도 급변하게 됐습니다.

호리키가 별안간 생기를 띠었습니다.

"이거, 미안해서 어쩌죠. 지금 당신한테 찾아가려던 중이었는데 이 친구가 갑자기 찾아오는 바람에. 뭐, 상관없어요. 자, 앉으세요."

제가 깔고 앉았던 방석을 빼서 뒤집은 상태로 내밀자 어지간히 마음이 급했는지 호리키는 얼른 낚아채더니 다시 뒤집어서 그 여자에게 내밀었습니다. 방에는 호리키의 방석 외에는 손님용 방석이 딱 하나뿐이었습니다.

여자는 마르고 키가 컸습니다. 그녀는 내민 방석은 한쪽으로 밀어 놓고 방문 옆의 구석에 앉았습니다.

저는 멍하니 두 사람의 대화를 듣고 있었습니다. 여자는 잡지사 사람이었는데 호리키에게 진작부터 삽화인지 뭔지를 부탁해놓은 게 있어 그걸 받으러 온 모양이었습니다.

"급해서요."

"다했습니다. 벌써 옛날에 다 끝냈죠. 자, 여기."

그때 전보가 도착했습니다.

전보를 읽은 호리키의 기분 좋던 얼굴이 순식간에 험악해졌습니다.

"젠장! 너 이게 무슨 소리야?"

넙치한테서 온 전보였습니다.

"좌우지간 바로 돌아가. 내가 널 데려다주면 좋겠지만 난 지금 그럴 시간이 없어. 가출한 주제에 그 태평한 얼굴은 뭐야?"

"댁이 어디세요?"

"오쿠보입니다."

저도 모르게 대답해버렸습니다.

"마침 회사 근처네요."

여자는 고슈 출신으로 스물여덟 살이었습니다. 다섯

살짜리 딸아이와 고엔지에 있는 아파트에 살았고, 남편과 사별한 지는 3년이 되었다고 했습니다.

"당신은 고생을 많이 하고 자랐나 봐. 눈치가 너무 빨라. 가엾게."

처음으로 기둥서방 비슷한 생활을 했습니다. 시즈코(이게 그 여기자의 이름이었습니다)가 신주쿠의 잡지사로 출근하고 나면 저와 다섯 살짜리 시게코는 얌전히 집을 봤습니다. 지금까지 시게코는 어머니가 집을 비울 때면 아파트 관리실에서 놀았던 모양인데 '눈치 빠른' 아저씨가 나타나서 놀아 주니 아주 신이 나는 모양이었습니다.

일주일쯤 그 집에서 멍하니 지냈습니다. 아파트 창 바로 앞의 전깃줄에 연 하나가 걸려 있었는데 봄날의 먼지바람에 흔들리고 찢기면서도 악착같이 전깃줄에 매달려 떨어지지도 않고 고개를 까딱까딱 하고 있었습니다. 저는 그 연을 볼 때마다 씁쓸하게 웃기도 하고 얼굴을 붉히기도 하고 때론 꿈에서까지 그 연이 나오는 악몽에 시달렸습니다.

"돈이 좀 필요한데……."

"얼마나?"

"많이……. 돈 떨어지는 날이 인연 끊어지는 날이라는 말, 그거 진짜더라."

"바보 같은 소리. 그런 케케묵은 말 따위."

"과연 그럴까? 당신은 몰라. 이대로 가다가는 나, 도망칠지도 몰라."

"대체 어느 쪽이 가난한지 모르겠네. 그리고 어느 쪽이 도망친다는 거야. 이상한 소릴 하네."

"내 힘으로 벌어서 그 돈으로 술, 아니, 담배를 사고 싶어. 그림도 호리키 같은 녀석보다는 내가 훨씬 잘 그릴 걸."

이때 제 머릿속에 절로 떠오른 것은 중학생 시절에 그린, 다케이치가 '괴물'이라고 말한 몇 장의 자화상이었습니다. 잃어버린 걸작. 몇 번 이사하면서 다 잃어버리긴 했지만 다른 건 몰라도 그 그림들만큼은 정말 뛰어난 그림이었다고 생각합니다. 그 뒤로도 다양한 그림을 그려봤지만 그 추억 속 그림의 발치에도 못 미쳐서 저는 늘 가슴이 텅 빈 듯한 나른한 상실감에 시달려왔습니다.

미처 다 마시지 못한 한 잔의 압생트.*

저는 그 영원히 보상받을 길 없는 상실감을 남몰래 그렇게 표현했습니다. 그림 이야기가 나오면 제 눈앞에 마시다 만 한 잔의 압생트가 아른거리면서, 아아, 그 그림을 이 사람에게 보여주고 싶다, 내 재능을 믿게 하고 싶다, 하는 초조함에 몸부림치는 것이었습니다.

"후후, 과연 그럴지. 당신은 심각한 얼굴로 농담하는 게 귀여워."

농담이 아닌데, 정말인데, 아아, 그 그림을 보여 주고 싶다, 하며 부질없이 맴도는 번민만 하다 문득 마음을 바꿔 깨끗이 포기한 채 말했습니다.

"만화 그리면 되지. 적어도 만화는 호리키보다 잘 그릴 자신 있어."

그렇게 얼버무린 광대의 한마디는 오히려 진지하게 받아들여졌습니다.

"맞아. 실은 나도 감탄했어. 시게코한테 만날 그려주

---

* 로트레크, 고흐 등 19세기 유럽 예술가들이 즐겨 마셨던 것으로 유명한 약초 혼합주다. 알코올 도수가 40~70도로 강해서 강력한 환각 증상이 수반되고 빛깔이 주로 초록색이었기 때문에 '초록요정'이라고 불렀다.

는 만화, 보면 나까지 웃음이 터진다니까. 어때? 우리 회사 편집장한테 부탁해줄 수도 있는데."

그 회사에서는 어린이를 대상으로 한 그다지 유명하지 않은 월간 잡지를 발행하고 있었습니다.

"당신을 보면 대부분의 여자들은 뭔가 해주고 싶어서 안달을 내. 항상 겁먹은 것처럼 흠칫거리면서 웃기는 소리도 잘하고……. 가끔 혼자 지독하게 가라앉아 있는데 그 모습이 여자들의 마음을 더 흔들어놔서……."

그 밖에도 시즈코는 이런저런 말로 저를 치켜세웠는데 그것이 곧 기둥서방의 추잡스러운 특징이라고 생각하면 점점 더 '가라앉을' 뿐 전혀 기운이 나지 않았습니다. 여자보다는 돈이다, 좌우지간 시즈코한테서 벗어나 자립하고 싶다, 하는 생각에 이래저래 궁리도 해봤지만 오히려 자꾸만 더 시즈코에게 의지해야만 하는 지경이 되어갔습니다. 가출한 뒷수습이며 뭐며 거의 모든 것을 이 여장부인 고슈 여자에게 신세 지게 됐고, 그럴수록 저는 시즈코를 대할 때마다 한층 더 '흠칫흠칫'하는 꼴이 되었습니다.

시즈코의 주선으로 넙치와 호리키와 시즈코 세 사

람의 회담이 이루어졌고, 그 결과 저는 고향과는 완전히 절연을 당하고 시즈코와 '떳떳하게' 동거하게 되었습니다. 또 시즈코가 이리 뛰고 저리 뛰며 애써준 덕분에 제 만화도 의외로 돈벌이가 돼서 저는 제 돈으로 술과 담배를 살 수 있게 되었습니다. 하지만 불안감과 울적함은 점점 더해질 뿐이었습니다. 그야말로 가라앉고 또 가라앉았습니다. 시즈코네 잡지에 매달 연재하는 만화 〈긴타 씨와 오타 씨의 모험〉을 그리다 문득문득 고향집이 떠오르면 못 견디게 외로워져서 펜을 놀리던 손을 멈추고 고개를 숙인 채 눈물을 흘릴 때도 있었습니다.

그런 때 조금이나마 위안이 되는 게 시게코였습니다. 그때쯤 시게코는 아무런 거리낌 없이 저를 아빠라고 불렀습니다.

"아빠, 기도하면 하느님이 뭐든 다 들어준다는 게 정말이야?"

그게 진짜라면 저야말로 기도하고 싶은 심정이었습니다.

아아, 저에게 냉철한 의지를 내려주소서. 제게 '인간'의 본질을 알려주소서. 사람이 사람을 밀쳐내도 죄가 되지 않는 건가요. 제게 분노할 수 있는 얼굴을 주소서.

"응, 맞아. 시게코한테는 뭐든 들어주겠지만 아빠는 안 될 거야."

저는 신에게조차 겁먹고 있었습니다. 신의 사랑은 믿지 않지만 신의 처벌은 믿었습니다. 신앙, 그것은 단지 신의 채찍질을 당하려고 고개 숙인 채 심판대로 향하는 것과 같다고 생각했습니다. 지옥은 믿지만 천국의 존재는 도저히 믿어지지가 않았습니다.

"아빠는 왜 안 돼?"

"부모님 말씀을 안 들었으니까."

"정말? 아빠는 진짜 착한 사람이라고 사람들이 그러던데."

그건 제가 속이고 있기 때문이었습니다. 이 아파트 사람들이 모두 제게 호의를 품고 있다는 건 저도 잘 알고 있었습니다. 하지만 정작 저는 사람들을 너무나 두려워하고, 제가 두려워할수록 사람들은 호감을 보이고, 반대로 저는 또 그렇게 호감을 보여줄수록 더 두려워져서 사람들을 멀리하는, 이 불행한 병적인 성격. 이것을 시게코가 이해하도록 설명하기란 너무도 어려운 일이었습니다.

"시게코는 하느님한테 뭘 조르고 싶은데?"

저는 슬쩍 화제를 바꿨습니다.

"난 있잖아, 진짜 아빠가 있었으면 좋겠어."

심장이 철렁 내려앉았습니다. 적. 제가 시게코의 적인지 시게코가 저의 적인지 모르지만 어쨌든 여기에도 저를 위협하는 무시무시한 어른이 있었습니다! 타인, 결코 이해할 수 없는 타인, 비밀투성이의 타인. 시게코의 얼굴이 갑자기 그렇게 보였습니다.

시게코만큼은 다를 줄 알았는데 역시 이 아이도 '별안간 등에를 때려죽이는 소의 꼬리'를 가지고 있었던 겁니다. 저는 그날 이후 시게코한테까지 흠칫흠칫 겁을 먹어야만 했습니다.

"어이, 색마! 집에 있나?"

호리키가 다시 제 거처에 드나들고 있었습니다. 가출한 날 저를 그렇게 섭섭하게 만들었던 녀석이지만 차마 거부하지 못하고 희미하게 웃으며 맞이했습니다.

"네 만화가 제법 인기라지? 아마추어들은 세상 무서운 줄 모르고 덤비는 똥배짱이 있다 보니 당해낼 재간이 없다니까. 하지만 방심하지 말라고. 데생이 기본이 전혀 안 돼 있더군."

자기가 무슨 스승이라도 되는 양 말했습니다. 내 '괴물' 그림을 보여주면 어떤 표정을 지을까, 하고 저는 또 부질없이 맴도는 생각에 몸부림쳤습니다. 하지만 겉으로는 이렇게 대꾸했을 뿐입니다.

"아픈 델 꼬집는군. 꺄악 비명이라도 지르고 싶은 심정이야."

호리키는 점입가경으로 기가 살아서 말했습니다.

"처세하는 재능은 뛰어나다만 그거 하나 믿고 있다가는 언젠가 발목 잡히는 날이 올걸."

처세하는 재능이 뛰어나다……. 그저 쓴웃음만 나왔습니다. 내가 처세하는 재능이 뛰어나다니! 저처럼 인간을 두려워해서 피하며 속이는 짓이, 겉으로는 '긁어 부스럼을 만들지 말라'는 속담 속에 담긴 영리하고 교활한 처세의 교훈을 신봉하는 짓과 똑같은 꼴로밖에 보이지 않는 걸까요. 아아, 인간은 절대로 상대를 알 수 없고, 서로 완전히 잘못 알고 있으면서 둘도 없는 친구라고 장담하고, 평생 그 사실을 깨닫지 못하고 살다가 상대가 죽으면 울며 조사(弔辭)나 읽는 게 아닐까요.

어쨌거나 호리키는(물론 시즈코에게 등 떠밀리다시피 해서 마지못해 수락했을 게 빤하지만) 제 가출의 뒤처리를 함께해준 사람이란 이유로 이제는 아예 제 새 삶을 만들어준 대단한 은인이자 시즈코와 저를 맺어준 월하노인(月下老人)*인 양 굴며 잘난 척 설교를 해댔습니다. 한밤중에 고주망태로 쳐들어와서 자고 가거나, 5엔(항상 5엔이었습니다)을 빌려달라며 들락거렸습니다.

"그나저나 네 여성 편력도 이쯤에서 끝내. 더는 세상이 용납 못 해."

세상이라니, 어떤 세상을 말하는 걸까요. 인간의 복수형을 말하는 걸까요. 대체 어디에 그 세상이라는 것의 실체가 있단 말인지. 어쨌든 사는 내내 강하고 모질고 무서운 곳이라고만 생각하며 살아온 그 세상인데, 호리키의 말을 듣자 문득 이 말이 입 밖으로 튀어나올 뻔했습니다.

"네가 말하는 세상이란 건, 널 말하는 거 아니야?"

---

* 중매쟁이를 뜻한다.

하지만 저는 호리키가 화라도 낼까 무서워 꾹 눌러 삼켰습니다.

'더는 세상이 용납 못 해.'

세상이 아니라 네가 곱게 안 보는 거겠지. 아니야?

'그런 짓을 하면 세상 사람들한테 호된 꼴을 당할 거야.'

세상이 아니라 너잖아?

'당장 세상에서 매장돼.'

세상이 아니야. 매장하는 건 너잖아?

그대야말로 자신의 흉포함, 괴기스러움, 악랄함, 늙은 너구리 같은 교활함, 요괴 할멈 같은 성정을 알라!

그런 온갖 말이 가슴속을 오갔습니다. 하지만 저는 그저 얼굴에 맺힌 땀을 손수건으로 훔치며 "진땀이 다 나네, 진땀이" 하고 웃을 뿐이었습니다.

그러나 그때부터 저는 '세상이란 개인이다'라는 철학 비슷한 것을 갖게 되었습니다. 그리고 세상이란 한 개인이 아닐까 하는 생각을 품기 시작한 뒤부터, 저는 이전보다는 그나마 조금 제 의지대로 움직일 수 있게 되었습니다. 시즈코의 말을 빌리자면, 저는 조금 떼쟁이가 되었고 흠칫흠칫 겁먹는 일도 줄었습니다. 호리키의 표현에 따르면, 제가 이상하게 인심이 박해졌답니다. 시게코는 자신을 그다지 귀여워해주지 않게 되었다고 했습니다.

말없이 웃음기도 잃은 채 날마다 시게코 돌보미 노릇을 하며 〈긴타 씨와 오타 씨의 모험〉이니, 〈천하태평 우리 아빠〉의 노골적인 아류작인 〈천하태평 우리 스님〉이니, 또는 〈성질 급한 핀짱〉이라는, 제가 봐도 이해 안 가는 자포자기식 제목들의 연재만화를 각 잡지사의 주문(가뭄에 콩 나듯 했지만 시즈코네 회사 말고도 의뢰가 조금씩 들어오고는 있었는데, 죄다 시즈코네 회사보다 더 질 떨어지는 이른바 삼류 출판사였습니다)에 따라 정말이지 너무도 우울한 기분으로 느릿느릿(저는 그림을 굉장히 느리게 그리는 편이었습니다), 그저 술 살 돈만 생각하며 그려냈습니다.

그러다 시즈코가 퇴근을 하면 교대하듯 훌쩍 밖으로 나가 고엔지 역 근처의 노점이나 스탠드바에서 값싸고 독한 술을 들이켜고 살짝 기분이 좋아진 상태로 아파트에 돌아와서는 이러는 겁니다.

"보면 볼수록 이상한 얼굴이란 말이지. 천하태평 우

리 스님의 얼굴 말인데, 실은 당신 잠자는 얼굴에서 힌트를 얻은 거야."

"당신 자는 얼굴도 폭삭 늙은 거 알아? 사십 먹은 남자 같다니까."

"그게 다 누구 탓인데. 정기를 쪽쪽 빨아 먹혀서 그렇잖아. '흐르는 강물과 사람 팔자느은~ 무얼 그리 냉가슴인가아~ 강가의 버드나무~.'"

"고성방가 그만하고 얼른 자. 아니면 밥 차려줄까?"

시즈코는 어디까지나 차분할 뿐, 상대해주지 않았습니다.

"술상이면 받아 마시지. '흐르는 강물과아 사람 팔자느은~ 흐르는 사람과아~', 아니지, '흐르는 강물과아 강물의 팔자느은~.'"

그렇게 노래를 부르며 시즈코가 벗기는 대로 옷을 벗고 시즈코의 가슴에 이마를 묻은 채 잠드는 것이 제 일상이었습니다.

그리하여 다음 날도 같은 짓을 되풀이하고
어제와 다르지 않은 관례에 따르면 된다네
말인즉 거칠고 커다란 환락만 피한다면
자연히 커다란 슬픔도 찾아오지 않는 법
앞길을 막아선 거추장스런 돌덩이를
두꺼비는 돌아서 가지

우에다 빈*이 번역한 샤를 크로**인가 하는 사람의 이 시구를 발견했을 때 저는 혼자 얼굴이 불타오를 만큼 벌게졌습니다.

두꺼비.

'그게 바로 나야. 세상이 용납하고 말 것도 없어. 매장하고 말 것도 없지. 나는 개나 고양이보다 못한 동물이야. 두꺼비. 어기적어기적 꿈틀대고 다니는 두꺼비일 뿐이야.'

제 음주량은 점점 더 늘어갔습니다. 고엔지 역 부근

---

* 우에다 빈은 일본의 문학평론가이자 시인이다. 유럽 문학도 다수 번역했다.

** 샤를 크로(Charles Cros)는 프랑스의 시인이자 발명가다. 공상과 기지가 넘치는 시들을 발표해서 1920년대 초현실주의 시인들에게 영감을 주었다.

뿐 아니라 신주쿠와 긴자까지 나가 술을 마시고 외박했습니다. 단순히 오직 '어제와 다르지 않은 관례'에 따르지 않기 위해 바에서 건달 흉내를 내기도 하고 닥치는 대로 키스를 해댔습니다. 다시 말해서 동반 자살 건 이전의, 아니 그때보다 더 피폐해지고 야비해진 술꾼이 되었고, 술값에 쪼들려 시즈코의 옷까지 내다 파는 지경이 되었습니다.

이 집에 들어와 그 찢어진 연을 보며 씁쓸하게 웃던 때로부터 벌써 1년이 훌쩍 넘게 지나 있었습니다. 벚나무에 새잎이 돋아날 무렵, 저는 또 시즈코의 기모노 허리띠며 속곳들을 몰래 들고 나와 전당포에 맡기고 받은 돈으로 긴자에서 술을 마시느라 이틀을 연달아 외박했습니다. 사흘째 밤에 몸 상태가 좋지 않아져서야 시즈코의 아파트로 돌아가 무의식중에 발소리를 죽이며 들어가는데, 안에서 시즈코와 시게코가 이야기하는 소리를 듣게 됐습니다.

"술을 왜 마시는 거야?"

"아빠는 있잖아, 술이 좋아서 마시는 게 아니야. 사람이 너무 착하다 보니까, 그래서……."

"착한 사람은 술을 마셔?"

"그런 건 아니고……."

"아빠 놀라겠지?"

"아마 싫어하실지도 몰라. 어쩜, 저거 봐, 상자에서 튀어나왔네."

"성질 급한 핀짱 같다."

"그러게."

진심으로 행복한 듯한 시즈코의 낮은 웃음소리가 들렸습니다.

문을 빠끔히 열고 안을 들여다보니 흰 새끼 토끼가 보였습니다. 깡충대며 온 방 안을 휘젓고 다니는 토끼를 모녀가 쫓아다니고 있었습니다.

'행복하구나, 이 모녀는. 얼빠진 나란 놈이 이 두 사람 사이에 끼어들면 머지않아 두 사람을 망치겠지. 소박한 행복, 착한 모녀, 두 사람에게 행복을. 아아, 혹시라도 신이 나 같은 놈의 기도도 들어준다면 단 한 번, 평생 단 한 번이라도 좋으니 두 사람의 행복을 기도하리.'

그 자리에 납죽 엎드려 합장이라도 하고 싶은 심정이었습니다. 저는 조용히 문을 닫고 다시 긴자로 나가서 두 번 다시 그 아파트로 돌아가지 않았습니다.

그리고 교바시 바로 옆의 스탠드바 2층에서 다시금 기둥서방으로 눌러앉았습니다.

세상. 저도 이제 그것이 무엇인지 어렴풋이나마 알기 시작했다는 느낌이었습니다. 그것은 개인과 개인 간의 싸움이고, 즉각적인 싸움이며, 그 자리에서 곧장 이겨야 하는 싸움이다. 인간은 결코 인간에게 복종하지 않는다. 노예도 노예 나름의 비열한 보복을 한다. 그러니 인간으로서는 그 자리에서 벌어지는 한판 승부에 기대는 것 밖에 살아남을 방법이 없다. 나라를 위한다는 식의 대의명분을 부르짖기는 하지만 목표는 언제나 개인이고, 그 목표가 충족된다 하더라도 결국 또다른 개인이 등장할 뿐이다. 세상의 난해함은 개인의 난해함이다. 대양은 세상이 아니라 개인이다……. 그러자 저는 세상이 거대한 바다라는 환영에 겁먹고 벌벌 떨던 데서 조금은 해방되어, 예전만큼 끝없이 눈치 보는 일 없이 그때그때 필요에 따라 적당히 뻔뻔하게 처신하는 기술을 몸에 익혔습니다.

고엔지의 아파트를 박차고 나온 저는 교바시의 스탠

드바 마담에게 말했습니다.

"헤어지고 왔어."

그 말 한마디로 충분했습니다. 저의 한판 승부는 결판이 났고, 바로 그날 밤부터 저는 그 가게 2층에 눌러앉게 된 것입니다. 제게 호된 비난을 가했어야 할 '세상'은 제게 티끌만큼의 위해도 가하지 않았고, 저 역시도 '세상'에 아무런 변명을 하지 않았습니다. 마담만 그러라고 하면 그것으로 모든 게 다 괜찮은 것입니다.

저는 그 스탠드바의 손님 같기도 하고 남편 같기도 하고 심부름꾼 같기도 하고 친척 같기도 한, 남들이 봤을 때 도대체가 정체를 알 수 없는 존재였을 텐데 '세상'은 조금도 수상쩍게 여기지 않았습니다. 가게 단골손님들은 저를 요조, 요조, 하고 정답게 대해주며 술도 권하더군요.

저는 점점 세상을 경계하지 않게 되었습니다. 세상이란 곳이 그리 무서운 곳이 아니구나, 라고 생각하게 되었습니다. 지금까지 제가 품어왔던 공포감이란, 이를테면 봄바람에는 백일해균이 득시글거린다, 공중목욕탕에는 눈을 멀게 하는 세균이 우글우글하다, 이발소에는 대머리로 만들어버리는 세균이 우르르하다, 전차의 가죽 손잡이에는 옴벌레가 바글바글하다, 또 생선회나 설익은 육류에는 촌충의 유충이니 디스토마니 하는 기생충들의 알이 반드시 숨어 있다, 맨발로 걸으면 발바닥으로 유리 파편이 파고들고 그 파편이 온몸을 돌고 돌다 눈을 찔러 실명을 할 수도 있다……, 이러한 이른바 '과학의 미신'에 벌벌 떠는 것과 마찬가지였다는 것을 깨달은 것입니다.

물론 몇십만 마리의 세균이 우글우글 떠다닌다는 것은 '과학적'으로 정확한 사실이겠지요. 하지만 동시에 그 존재를 완전히 무시해버린다면 그것은 나와 눈곱만치도 상관없는 일이 되어 순식간에 지워 없앨 수 있는 '과학의 유령'일 뿐입니다. 저는 이 사실도 깨우쳤습니다. 저는 이른바 '과학적 통계'라는 것들(천만 명이 하루에 도시락에서 밥풀을 세 톨씩만 남겨도 쌀 몇 가마니를 내다버리는 셈이라든가, 천만 명이 하루에 코 푸는 휴지를 한 장씩만 절약해도 펄프를 얼마나 아낄 수 있다든가 하는)에 지레 겁을 먹고는 한 톨이라도 밥을 남길 때마다, 그리고 코를 풀 때마다 산더미 같은 쌀과 산더미 같은 펄프를 낭비하고 있다는 착각에 고통스러웠고 저 자신이 지금 중범죄라도 저지른 것 같은 암울한 기분에 시달려왔습니다.

하지만 그런 것들은 '과학의 거짓말', '통계의 거짓말', '수학의 거짓말'일 뿐입니다. 세 톨의 밥알은 모을 수 있는 것이 아니며 곱셈, 나눗셈의 응용문제로도 못 쓸 지극히 원시적이며 저능한 주제입니다. 불 꺼진 어두운 변소 구멍에 사람이 몇 번에 한 번 꼴로 한쪽 발을 헛디뎌 떨어지는가, 전차의 출입구와 플랫폼 사이의 벌어진 틈에 승객의 몇 명 중 몇 명이 실족할까, 하는 식의 확률 계산과 비슷한 수준으로 멍청한 짓이지요. 얼핏 듣기에는 그럴싸해 보이지만 실제로 변소 구멍에 잘못 앉았다가 다쳤다는 사람을 주변에서 한 번도 본 적이 없습니다. 그런 가설을 '과학적 사실'이랍시고 배우고 현실에 그대로 반영해서 공포에 떨던 어제까지의 제가 귀엽다는 생각에 웃고 싶을 만큼 저는 세상이란 것의 실체를 조금은 알게 되었다는 이야기입니다.

말은 그렇게 했지만 저는 아직 인간이란 존재가 무서웠기에, 가게 손님을 대할 때도 술부터 한잔 들이켜야

가능했습니다. 무서울수록 더 보고 싶어지는 게 사람 심리라지요. 내심 무서우면서도 작은 동물을 오히려 꽉 움켜쥐는 꼬마처럼 저는 밤마다 가게로 나가 술에 취한 채 손님들 앞에서 어쭙잖은 예술론을 떠벌리는 지경에 이르렀습니다.

만화가. 아아, 하지만 저는 커다란 환락도 커다란 슬픔도 없는 무명 만화가. 저는 나중에 감당 못할 슬픔이 찾아와도 좋으니 격렬하고 커다란 환락을 맛보고 싶어 내심 초조했습니다. 하지만 당장 지금의 제 기쁨이란 손님들과 객쩍은 소리나 하며 술을 얻어 마시는 일뿐이었습니다.

교바시로 와서 그런 시시한 생활을 계속한 지도 벌써 1년 가까이 지났습니다. 제 만화는 어린이 잡지뿐 아니라 역에서 파는 조잡하고 외설스러운 잡지에도 실리게 되었으니, 조시 이키타(情死, 生きた)*라는 도를 넘어선 저질 장난 같은 익명으로 추잡한 춘화 따위를

* '정사를 했다가(情死) 살아남았다(生きた)'는 뜻이다.

그렸던 것입니다. 그림에는 보통 《루바이야트》* 의 시구를 삽입했습니다.

쓸데없는 기도 따위 관두라니까
눈물짓게 하는 것들 다 내던져버려
자, 한잔 들지, 좋은 생각만 하면서
괜한 걱정 따위 잊어버리라고

불안과 공포로 사람을 위협하는 작자들은
스스로 지은 가당찮은 죄에 떨며
죽은 자들의 복수에 대비하느라
머릿속이 끊임없이 계략으로 가득하지

간밤 술이 넘쳐나니 내 심장도 기쁨으로 넘쳐났는데
오늘 아침 눈을 뜨니 오직 황량하기만 할 뿐
웬일인가 하룻밤 사이

---

* 《4행 시집》이라는 뜻으로, 11세기 페르시아의 오마르 하이얌이 썼다. 그는 시인일뿐만 아니라 수학, 천문학, 사학 등 다양한 분야에서 업적을 남겼다. 19세기 중엽 영국의 시인 E. 피츠제럴드의 영역으로 유명해졌다.

변해버린 내 마음이여

천벌 받을 생각 따위 관두라니까
저 멀리 울려대는 북소리처럼
공연히 불안해진 그 녀석
방귀 뀐 것까지 하나하나 죄로 계산해서야 어찌 살려고

정의는 인생의 지침이라고?
허면 피로 칠갑된 전장(戰場)에
암살자의 칼끝에
어떤 정의가 깃들어 있단 말인가?
어디에 지도 원리가 있단 말인가?
어떤 지혜의 빛이 있단 말인가?
아리땁고도 무서운 것이 덧없는 속세라네
가냘픈 사람의 아들은 버거운 짐을 등에 지고 있네

걷잡을 수 없는 욕정의 씨앗이 심긴 탓에
선이네 악이네 죄네 벌이네 저주만 받을 뿐

걷잡을 수 없이 그저 허둥거릴 뿐
깨부술 힘도 의지도 물려받지 못한 탓에

어딜 그리 헤매고 다녔는가?
뭐라, 비판? 검토? 재인식?
쳇, 헛된 꿈이지, 있지도 않은 허깨비지
에헷, 술을 깜박했으니 다들 어리석은 근심인 게로지

어때, 이 끝없는 창공을 보라고
이 안에 오도카니 떠 있는 점일 뿐인데
지구가 왜 자전을 하는지 알게 뭐냐
자전 공전 반전도 다 제 마음이지

가는 곳마다 지고의 힘을 느끼고
온갖 나라에서 온갖 민족에서
동일한 인간성을 발견하는
나는야 이단자라네
다들 성경을 잘못 읽은 거야,
아니면 상식도 지혜도 없는 거야?

산 몸뚱이의 기쁨을 금지하고 술을 끊으라 하고
됐어, 무스타파. 나 그런 거 정말 싫어

그런데 그 무렵 제게 술을 끊으라고 하는 여자가 있었습니다.

"이러면 안 돼요. 날마다 대낮부터 술에 취해 있으면."

스탠드바 맞은편에 있는 작은 담배 가게의 열일고여덟 살 된 아가씨였습니다. 요시코라고, 피부가 하얗고 덧니가 있는 아이였습니다. 제가 담배를 사러 갈 때마다 웃으며 그렇게 잔소리를 했습니다.

"왜 안 돼? 뭐가 잘못됐어? 있는 술 모조리 마셔버리고 사람의 아들이여, 증오를 지우라, 지우라, 지우라, 라고 옛날 페르시아의…… 그만두자. 슬픔으로 지친 심장에 희망을 가져다주는 것은, 취기를 돌게 하는 술잔뿐이라고, 알아?"

"몰라요."

"이 노옴. 키스해버린다."

"하세요."

겁도 없이 넉살 좋게 아랫입술을 쏙 내미는 겁니다.

"이런 녀석을 봤나. 정조 관념이……."

하지만 요시코의 표정에는 어디로 보나 누구에게도 더럽혀지지 않은 처녀의 향기가 감돌고 있었습니다.

해가 바뀌고 모질게 춥던 어느 밤, 저는 술에 취해 담배를 사러 나갔다가 그 담배 가게 앞의 맨홀에 빠졌습니다.

"요시코! 나 좀 살려줘!"

제 비명 소리를 듣고 요시코가 나와 구해줬습니다. 오른팔에 생긴 상처를 치료해주며 요시코는 웃음기 없이 간절한 목소리로 말했습니다.

"그러게 술을 너무 많이 드신다니까요."

저는 죽는 것은 두렵지 않지만 다쳐서 피를 흘리고 불구가 되는 것은 질색이었기 때문에 요시코의 치료를 받으며 이제 그만 술을 끊어볼까 생각했습니다.

"끊을게. 내일부터 한 방울도 안 마실 거야."

"정말요?"

"꼭 끊을 거야. 끊으면 요시코, 내 색시 될 거야?"

물론 색시 이야기는 농담이었습니다.

"물이죠!"

'물'이란 '물론'의 줄임말이었습니다. '모던 보이'는 '모보', '모던 걸'은 '모걸'이라는 식으로 그 무렵 다양한 줄임말이 유행하고 있었습니다.

"좋았어. 손가락 걸자. 꼭 끊을게."

다음 날, 아니나 다를까 저는 또 낮부터 술을 마셨습니다. 저녁 무렵 휘청휘청 밖으로 나가 요시코의 가게 앞으로 갔습니다.

"요시코, 미안해. 마셔버렸다."

"어머, 왜 그래요. 왜 취한 척을 하고 그래요."

흠칫 놀랐습니다. 술이 확 깨는 기분이었습니다.

"아니야, 정말인데? 정말 마셨어. 대체 누가 취한 척을 한다고 그래."

"자꾸 놀리지 말아요. 나쁜 사람이네."

도무지 의심할 생각조차 하지 않았습니다.

"보면 알 텐데. 오늘도 대낮부터 마셨어. 미안해."

"연기 잘하시네요."

"연기가 아니래도 그러네, 바보. 키스해버린다."

"하세요."

"아니다, 나 같은 놈한테 그럴 자격이 있나. 색시 삼을 생각도 일찌감치 버려야지. 내 얼굴 좀 봐, 벌겋지? 마셨다니까."

"그야 석양빛을 받아서 그렇죠. 누굴 속이려고. 어제 나랑 약속했는데 마실 리가 없잖아요? 손가락까지 걸었는걸. 술을 마셨다니 새빨간 거짓말, 거짓말."

어두침침한 가게 안에서 요시코가 하얀 얼굴로 웃으며 앉아 있었습니다. 아아, 때 묻지 않은 처녀성은 고귀하구나. 나는 지금껏 나보다 어린 처녀와는 자본 적이 없는데. 결혼해야겠다. 그 때문에 나중에 그 어떤 커다란 슬픔이 찾아온대도 좋으니, 평생 단 한번일 사나울 만큼 커다란 환락을 맛보고 싶다. 처녀성의 아름다움이란 멍청한 시인의 달콤한 감상적 환영일 뿐이라고 생각해왔는데, 이 세상에 살아 있는 것이었구나. 결혼하자. 그래서 봄이 오면 둘이 자전거를 타고 아오바 폭포를 보러 가자.

저는 그 자리에서 그렇게 결심하고, 이른바 '한판 승부'로 그 꽃을 훔치는 데 티끌만치도 주저하지 않았습니다.

오래지 않아 저는 그녀와 결혼했습니다. 결혼으로 얻

은 환락은 그렇게 대단하고 격렬하게 크진 않았는데, 그 뒤에 찾아온 슬픔은 처참하다는 말로도 모자랄 만큼 정말이지 상상을 초월한 거대한 크기로 들이닥쳤습니다. 저에게 '세상'이란 역시 그 끝을 알 수 없을 만큼 무서운 곳이었습니다. 결코 그런 한판 승부 따위로 모든 것을 결정할 수 있을 만큼 만만한 곳이 아니었습니다.

2

호리키와 나.

서로 경멸하면서 교제하는, 그리고 서로 한심하게 만들어가는 것이 이 세상의 이른바 '교우'의 모습이라면 저와 호리키의 사이도 분명 '교우'임에 틀림없습니다.

저는 교바시의 스탠드바 마담의 의협심에 기대어(여자에게 의협심이라는 말을 쓰자니 좀 얄궂기는 하지만 제 경험에 따르면 적어도 도회지 남녀의 경우 남자보다는 여자들이 오히려 의협심에 불탔습니다. 남자들은 대부분 겁쟁이인데다 체면 차리기에만 바쁘고 쩨쩨했습니다) 담배가게 요시코를 처로 맞아들일 수 있었습니다. 쓰키지 스미다강 근처의 자그마한 목조 이층집 1층에 방을 빌려 둘이 살았습니다. 저는 술도 딱 끊고 이제 정식 직업으로 자리 잡아가는 만화 작업에 힘을 쏟았습니다. 저녁상을 물리고 나면 둘이서 영화도 보러 가고 돌아오는 길에는 찻집에도 들르고 꽃 화분도 사며 살았습니다. 하지만 그런 것들보다 저를 진정으로 믿어주는 이 어린 신부의 말을 듣고, 몸짓을 바라보는 게 즐거워서 어쩌면 나도 이제 점점 인간다운 인간이 되어가는 게 아닐까, 이제 내게 비참한 죽음 따위는 없는 게 아닐까 하는 달콤한 생각을 어렴풋이 가슴속에 품기 시작하던 참에, 호리키가 또 제 눈앞에 나타났습니다.

"어이, 색마! 어라? 얼굴 보니 철이 좀 들었나? 오늘은 고엔지 여사님 심부름으로 왔어."

그렇게 입을 열었다가 갑자기 목소리를 낮추더니 부엌에서 차를 준비하고 있는 요시코 쪽을 턱짓으로 가리키며 "괜찮겠어?" 하고 물었습니다.

"상관없어. 무슨 말이든 괜찮아."

저는 차분하게 대꾸했습니다.

실제로 요시코는 신뢰의 천재라 해도 좋을 정도였습니다. 교바시 바의 마담과 저의 관계는 물론이요, 제가 가마쿠라에서 일으킨 동반 자살 사건을 알려줘도 쓰네코와 제 사이를 의심하지 않았습니다. 그건 제 거짓말 솜씨가 좋아서가 아닙니다. 때로는 적나라하게 말해줬는데도 요시코에게는 다 농담으로만 들리는 모양이었습니다.

"잘난 척은 여전하네. 뭐, 별 건 아니야, 고엔지에도 가끔 놀러 오라고 전해달라네."

잊을 만하면 괴물 새가 날개를 펼치고 퍼덕퍼덕 날아와 기억 속 상처를 부리로 찢어발깁니다. 순식간에 과거의 치욕과 죄의 기억들이 생생히 눈앞에 펼쳐져 악, 하는 외마디 비명이 터질 것만 같은 공포심에 휩싸이면서 안절부절못하게 되는 것입니다.

"한잔할래?" 제가 말했습니다.

"좋지." 호리키가 말했습니다.

저와 호리키. 겉모습은 둘이 꼭 닮았습니다. 쌍둥이 같은 기분이 들 때도 있습니다. 물론 그런 기분을 느낄 때는 어디까지나 여기저기 기웃거리며 싸구려 술을 마실 때뿐이기는 하지만, 어쨌든 저와 호리키는 얼굴만 마주하면 순식간에 똑같은 모습에 똑같은 털을 가진 개로 변해 눈 내리는 번화가를 날뛰며 다니는 겁니다.

그날 이후 우리는 다시금 옛 우정을 키워가는 꼴로 둘이 함께 교바시의 스탠드바에 드나들다가 끝내는 고엔지의 시즈코 아파트에까지 고주망태가 된 두 마리 개가 찾아가서 자고 나오는 사태까지 가고 말았습니다.

잊히지도 않습니다. 무더운 여름밤이었습니다. 호리

키는 해 질 무렵 후줄근한 유카타를 입고 쓰키지에 있는 우리 집으로 찾아와서는 오늘 꼭 필요한 사정이 있어 여름옷을 전당포에 잡혔는데 그 사실을 노모가 알게 되면 곤란하다, 바로 찾고 싶으니 무조건 돈을 빌려달라, 라고 했습니다.

공교롭게도 저 역시 돈이 없었기 때문에 늘 그래왔듯 요시코에게 시켜 요시코의 옷을 전당포에 맡기게 하고 돈을 만들었습니다. 호리키에게 빌려주고도 돈이 조금 남기에 남은 돈으로 요시코에게 소주를 사 오라고 한 다음 집 옥상에 올라가 스미다강에서 이따금 희미하게 불어오는 시궁창 냄새 나는 바람을 맞으며 참으로 구질구질한 피서의 술판을 벌였습니다.

우리는 그때 희극 명사, 비극 명사 알아맞히기 게임을 했습니다. 제가 만들어낸 게임이었습니다. 명사는 모두 남성 명사, 여성 명사, 중성 명사로 구분되니 희극 명사, 비극 명사로도 구분되어야 한다, 이를테면 증기선과 기차는 둘 다 비극 명사이고, 전차와 버스는 둘 다 희극 명사인데 이유를 모르는 자는 예술을 논할 자격이 없다, 희극에 단 하나라도 비극 명사를 집어넣는 극작가는 그것만으로 이미 낙제이며 비극의 경우도 마찬가지다, 뭐 이런 식이었습니다.

"준비됐어? 담배는?"

제가 물었습니다.

"비극."

말이 끝나기가 무섭게 호리키가 대답했습니다.

"약은?"

"가루약이야, 알약이야?"

"주사약."

"비극."

"그럴까? 호르몬 주사도 있는데."

"아니야, 무조건 비극이야. 야, 우선 주사 바늘부터가 누가 뭐래도 비극이잖아."

"좋아, 져주지. 하지만 너, 약이나 의사는 그래 봬도 은근히 희극이다. 죽음은?"

"희극. 목사나 중이나 다 마찬가지지."

"백 점 만점. 그리고 삶은 비극이지."

"아냐. 그것도 희극이야."

"아니야, 그렇게 되면 뭐든 다 희극이 된다고. 마지막으로 하나만 묻겠는데 만화가는? 설마 희극이라고 말하진 않겠지?"

"비극, 비극. 비극의 대명사!"

"무슨 소리야, 비극의 대명사는 너잖아."

이야기가 이런 시답잖은 말장난으로 흘러가면 따분해졌지만 우리는 이 게임이 전 세계 그 어떤 문학 살롱에서도 없는 굉장히 세련된 게임이라며 자화자찬하고 있었습니다.

당시에 저는 이와 비슷한 게임 하나를 더 만들었습니다. 반대말 맞히기였습니다. 검정의 반대말은 하양. 하지만 하양의 반대말은 빨강. 빨강의 반대말은 검정.

"꽃의 반대말은?"

제가 질문하면 호리키는 입술을 비딱하게 깨물고 생각에 잠겼다가 말합니다.

"으음, 화월(花月)이라는 요릿집이 있으니까, 달이다."

"아니지, 그게 무슨 반대말이야. 차라리 비슷한말에 가깝다. 별과 제비꽃도 비슷한말이잖아. 반대말이 아니야."

"알았어. 그럼, 꿀벌이다."

"꿀벌?"

"모란꽃에는 그럼…… 어? 개미인가?"

"참나, 그건 그림 주제잖아. 어디서 얼렁뚱땅 넘어가려고."

"알았다! 꽃에는 떼구름……."

"달에는 떼구름*이겠지."

"아, 그거다. 꽃에는 바람. 바람이야. 꽃의 반대말은 바람."

"실망인데, 그건 나니와부시** 가사잖아. 출신을 알 만하다."

"아니다, 비파다."

"점입가경이군. 꽃의 반대말은 말이야……. 이 세상에서 가장 꽃답지 않은 것, 그걸 말해야지."

"그러니까 그게…… 잠깐, 뭐야, 여자구나."

"내친 김에 여자의 비슷한말은?"

"내장."

"넌 도대체가 시(詩)라는 걸 모르네. 그럼 내장의 반

---

* '호사다마'를 뜻하는 일본의 관용구다.

** 일본의 전통음악으로 의리, 인정 등을 주제로 하는 대중적인 창(唱)이다.

대말은?"

"우유."

"그건 제법 괜찮네. 그 기세로 하나만 더 해보자. 옹트(honte)*. 옹뜨의 반대말은?"

"파렴치한이지. 다시 말해서 인기 만화 작가 조시 이키타."

"호리키 마사오 너는 어떻고?"

이때쯤부터 두 사람은 점점 웃음을 잃었고 소주 특유의 취기, 그 유리 파편이 머리에 가득한 것 같은 음울한 기분에 젖어들었습니다.

"시건방진 소리 하지 마. 난 아직 너처럼 오랏줄에 묶이는 치욕은 당한 적 없어."

흠칫 놀랐습니다. 호리키는 내심 저를 제대로 된 인간으로 보고 있지 않았던 것입니다. 그저 어디까지나 죽지 못해 사는 파렴치한, 멍청한 괴물, 다시 말해 '산송장'으로 해석하고 있었던 것입니다. 그저 자신의 쾌락을 위해 저를 이용할 만큼 이용하는 게 전부인 '교우' 관

* 불어로 '수치심'을 뜻한다.

계였구나 싶으니 역시 기분은 좋지 않았습니다. 하지만 호리키가 저를 그렇게 보는 건 당연한 일이었습니다. 저는 어릴 때부터 인간의 자격이 없는 아이였으니까, 호리키한테까지 경멸당하는 건 어쩌면 지극히 당연한 건지도 모르겠다고 마음을 고쳐먹고 아무렇지 않은 척 태연한 표정을 지으며 말했습니다.

"죄. 죄의 반대말은 뭘까? 이건 어려울걸."

"법률이지."

호리키가 천연덕스럽게 그리 대꾸하기에 저는 호리키의 얼굴을 새삼 바라봤습니다. 근처 빌딩에서 깜박이는 네온사인의 붉은빛을 받은 호리키의 얼굴이 무자비한 형사처럼 위엄 있어 보였습니다. 저는 기가 딱 막혔습니다.

"야, 죄라는 건 그런 게 아니잖아."

죄의 반대말이 법률이라니! 하지만 세상 사람들은 다 그런 식으로 안이하게 생각하며 새침한 얼굴로 살아가는지도 모르겠습니다. 형사가 없는 곳에서 죄가 꿈틀댄다고 말이지요.

"그럼 뭔데, 신? 너한테는 왠지 예수쟁이 같은 구석이 있긴 하지. 구역질 나게."

"그렇게 가볍게 결론 내리지 말고, 둘이서 조금 더 생각해보자. 어쨌든 재미있는 주제 아냐. 이 주제에 어떻게 답하느냐에 따라 그 사람의 모든 것을 알 수 있을 거란 생각이 든단 말이지."

"말도 안 돼. 죄의 반대말은 선이지, 선량한 시민. 다시 말해서 나 같은 사람 말이야."

"농담하지 말라니까. 선은 악의 반대말이야. 죄의 반대말이 아니라."

"악과 죄가 다른가?"

"다르다고 생각해. 선악의 개념은 인간이 만든 거잖아. 인간이 멋대로 만들어 낸 도덕의 언어라고."

"까다롭게 굴기는. 그럼, 역시 신 아닐까? 신, 그래, 신. 신이면 만사 해결이지, 암. 배고프다."

"지금 아래층에서 요시코가 누에콩을 삶고 있어."

"잘 됐네. 누에콩 좋아하는데."

호리키는 머리 뒤로 두 손을 깍지 끼고 벌렁 드러누웠습니다.

"넌 죄라는 것에 아무 관심이 없는 모양이네."

"당연하지. 너처럼 죄인이 아니니까. 난 술과 여자를 즐기긴 해도 여자를 죽게 만들거나 여자한테서 돈을 뜯어내진 않아."

죽게 한 게 아니다, 돈을 뜯어낸 게 아니다. 그렇게 제 마음속 어딘가에서 가녀린, 하지만 필사적인 항의의 목소리가 올라오지만 또 한편으로는 내가 나쁜 놈이라며 바로 인정해버리고 마는 이 성격.

저는 대놓고 논쟁이란 걸 하지 못하는 사람입니다. 음울한 소주의 취기 탓에 자꾸만 험악해져 가는 감정을 안간힘을 다해 억누르며 혼잣말처럼 중얼거렸습니다.

"감옥에 갇히는 것만이 죄가 아니야. 죄의 반대말을 알게 된다면 죄의 실체도 알 수 있을 것 같은데……. 신……, 구원……, 사랑……, 빛……. 하지만 신한테는 사탄이라는 반대말이 있고, 구원의 반대말은 고뇌일 테고, 사랑은 증오, 빛은 어둠이라는 반대말이 있고, 선은 악, 죄와 기도, 죄와 후회, 죄와 고백, 죄와…… 아아, 죄다 비슷한말이네. 죄의 반대말은 대체 뭐지?"

"죄의 반대말은 꿀이지.* 꿀처럼 달콤하니까. 아, 배고프다. 뭐 먹을 거 좀 가져와."

"네가 가져오면 되잖아!"

거의 태어나 처음이라고 해도 될 정도로 격렬한 분노의 목소리가 제 입에서 튀어나왔습니다.

"알았어, 그럼 아래층에 가서 요시코와 둘이 죄를 짓고 오지. 논쟁보다는 실제로 확인해보는 게 최고 아니겠어? 죄의 반대말은 꿀콩, 아니다, 누에콩인가."

호리키는 혀가 꼬부라질 정도로 취한 상태였습니다.

"마음대로 해. 제발 눈앞에서 사라져!"

"죄와 공복, 공복과 누에콩, 아니다, 이건 비슷한말인가."

호리키는 주절주절 헛소리를 지껄이며 일어났습니다.

죄와 벌. 도스토옙스키. 머리 한구석으로 그 말이 섬광처럼 지나갔습니다. 그렇구나! 만약 도스토옙스키가 죄와 벌을 비슷한말이라고 생각한 게 아니라 반대말이라 생각하고 나열한 것이라면? 죄와 벌, 절대 서로 통할 수 없는 것, 물과 기름처럼 서로 섞일 수 없는 것. 죄와 벌을 반대말로 생각한 도스토옙스키의 물이끼, 썩은 연

---

* '죄(つみ, 쓰미)'와 '꿀(みつ, 미쓰)'을 활용한 언어유희다.

못, 어지럽게 뒤얽힌 그 깊은 바닥의…… 아아, 알 거 같아, 아니다, 아직…… 하고 머릿속에 주마등이 어지럽게 돌아가고 있을 때 호리키의 목소리가 들려왔습니다.

"야! 터무니없는 누에콩이야, 이리 와봐!"

호리키의 목소리와 낯빛이 확 돌변해 있었습니다. 조금 전 휘청휘청 일어나 아래층으로 가는가 싶더니만 다시 돌아온 것입니다.

"무슨 일이야?"

이상한 흥분이 일었습니다. 우리는 심상찮은 기세로 옥상에서 2층으로 내려갔습니다. 2층에서 다시 1층의 제 방으로 내려가는 계단 중간에서 호리키는 걸음을 딱 멈추더니 손가락질하며 작은 목소리로 말했습니다.

"저거 좀 봐!"

제 방 위쪽의 작은 창문이 열려 있고 그 창을 통해 방안이 보였습니다. 환한 전깃불 아래 두 마리의 짐승이 있었습니다.

눈앞이 핑그르르 돌고 호흡이 가빠졌습니다. 하지만 저는 이 또한 인간의 모습이다, 이 역시 인간의 모습이다, 놀랄 일이 아니다, 하고 가슴속으로 중얼대기만 했습니다. 요시코를 구할 생각도 못하고 장승처럼 계단 위에 얼어붙어 있었습니다.

호리키가 크게 헛기침을 했습니다. 저는 혼자 도망치듯 다시 옥상으로 뛰어올라 바닥에 나동그라진 채 비를 머금은 여름밤 하늘을 올려다봤습니다. 그때 저를 덮친 감정은 분노도, 혐오도, 또 슬픔도 아닌 무지막지한 공포였습니다. 그것도 묘지에서 귀신을 만났을 때 수준의 공포가 아니라 신사의 삼나무 숲에서 흰옷을 입은 신성한 존재와 맞닥뜨렸을 때 느낄 법한, 그저 입을 닥치게 만드는 고대(古代)의 거친 공포감이었습니다. 제 흰머리는 그날 밤부터 생기기 시작한 것입니다. 저는 마침내 모든 것에 자신감을 잃었고, 사람을 끝없이 의심하게 되었고, 이 세상의 삶에서 그 어떤 기대감이나 기쁨이나 공감들로부터 영원히 멀어져버렸습니다. 정말이지 그 일은 제 인생의 결정적인 사건이었습니다. 그날 제 미간은 정통으로 맞아 딱 쪼개졌고, 그날 이후 그 상처는 그 어떤 인간을 만나든 그때마다 욱신거렸습니다.

"딱하긴 한데, 너도 이제 좀 깨달은 게 있겠지? 난 이제 두 번 다시 여기 안 올 거야. 여긴 그냥 지옥 그 자체

네……. 그래도 요시코는 용서해라. 너도 어차피 제대로 된 놈은 아니잖아? 이만 실례한다."

거북한 자리에 오래 머물러 있을 만큼 멍청한 호리키가 아니었습니다.

저는 일어나 앉아 혼자서 소주를 마신 다음 꺼이꺼이 목청 높여 울었습니다. 끝도 없이, 끝도 없이 눈물이 나왔습니다.

언제 왔는지, 누에콩이 수북이 담긴 접시를 든 채 요시코가 제 등 뒤에 멍하니 서 있었습니다.

"아무 짓도 안 한다고 했는데……."

"됐어. 아무 말 마. 넌 사람을 의심할 줄 몰랐던 것뿐이야. 앉아. 콩이나 먹자."

나란히 앉아 콩을 먹었습니다. 아아, 신뢰가 죄인가. 상대 남자는 저에게 만화를 그려달라고 해서는 알량한 돈을 거들먹거리며 놓아두고 가는 서른 살가량의 무식하고 왜소한 장사치였습니다.

그 장사치도 당연히 그날 이후 두 번 다시 찾아오지 않았습니다만, 웬일인지 저는 그 남자보다는 호리키를 증오했습니다. 그는 왜 맨 처음 그 장면을 목격했을 때

곧바로 크게 헛기침을 하거나 뭔가 손을 쓰지는 않고 나에게 고자질하기 위해 그대로 옥상으로 돌아왔는가. 호리키를 향한 증오와 분노가 치밀어 저는 밤마다 잠을 이루지 못하고 신음했습니다.

용서하고 말 것도 없습니다. 요시코는 신뢰의 천재입니다. 사람을 의심할 줄 몰랐던 겁니다. 그런데 그 때문에 일어난 비참한 사건.

신께 묻습니다. 신뢰가 죄입니까?

요시코가 더럽혀졌다는 사실보다 요시코의 신뢰가 더럽혀졌다는 사실이 제게는 그 후로 오랫동안, 도저히 살아갈 수 없을 정도의 고뇌의 씨앗이 되었습니다. 저처럼 비굴하게 오들오들 떨면서 남의 눈치만 살피는, 사람을 믿는 능력에 금이 가버린 물건에게 요시코의 때 묻지 않은 신뢰심은 그야말로 아오바 폭포처럼 싱그럽게 느껴졌습니다. 그런데 그것이 단 하룻밤 새 누런 구정물로 변해버렸습니다. 저걸 좀 보십시오. 요시코는 그날 밤부터 제가 찡그리는지 웃는지, 표정 하나하나에까지 신경을 씁니다.

"이봐."

제가 부르면 움찔움찔 놀라고 눈을 어디에 둘지 모릅니다. 웃겨보려고 아무리 재미있는 이야기를 해줘도 어쩔 줄 몰라 쩔쩔매고 흠칫거리고, 괜스레 제게 극존칭을 쓰게 됐습니다.

때 묻지 않은 신뢰감이 정녕 죄의 원천인가요.

저는 유부녀가 겁탈당한 이야기책을 이것저것 찾아 읽어봤습니다. 하지만 요시코만큼 비참하게 당한 여자는 없었습니다. 애초에 이건 말이 되지 않습니다. 그 왜소한 장사치와 요시코 사이에 조금이라도 사랑 비슷한 감정이 있었더라면 그나마 제 마음이 편했을지도 모릅니다. 여름날의 단 하룻밤, 요시코는 신뢰를 했을 뿐입니다. 그런데 그 신뢰 때문에 제 미간은 정통으로 쪼개지고 목소리는 잠기고 흰머리가 나기 시작했으며 요시코는 평생 눈치를 보고 쩔쩔매며 살게 됐습니다.

대부분의 이야기는 그 아내의 '행위'를 남편이 용서하느냐 마느냐에 중점을 두지만, 제가 볼 때 그것은 그리 큰 문제가 아닙니다. 용서하느냐 마느냐 하는 권리를 가진 남편이야말로 행복한 거 아닌가. 도저히 용서할 수 없다면 괜히 호들갑을 떨 것 없이 냉큼 아내와 헤어지고 새 아내를 맞이하면 된다. 그걸 못하겠으면 이른바 '용서하고' 꾹 참으면 그뿐이지. 어쨌거나 남편 한 사람의 마음먹기에 따라 두루두루 모든 것이 원만하게 해결되는 것인데, 하는 생각까지 드는 것입니다.

다시 말해 그런 사건은, 물론 남편에게는 커다란 충격이긴 하겠지만 어디까지나 그것은 '충격'일 뿐, 언제까지고 끝날 줄 모르고 밀려왔다 밀려가는 파도가 아닙니다. 정당한 권리가 있는 남편의 분노로서 어떻게든 처리할 수 있는 문제라는 생각이 들었습니다. 하지만 우리의 경우 남편인 제게 아무런 권리도 없고, 생각하면 할수록 모든 것이 다 제 잘못이라는 생각이 들었습니다. 제 아내란 사람이 자신이 가진 보기 드문 미덕, 특히 남편인 제가 전부터 동경해온 '때 묻지 않은 신뢰감'이라는 미덕 때문에 그런 화를 입었다는 것이 견딜 수 없이 가련해서 화를 내기는커녕 싫은 소리 한마디 할 수가 없었습니다.

때 묻지 않은 신뢰감이 죄입니까.

유일한 희망이었던 미덕에까지 의혹을 품게 되자, 저는 이제 세상만사를 알 수 없게 되어 그저 술에만 매달렸습니다. 얼굴 표정은 극도로 비열해졌고 아침부터 소주를 마셔 이는 뭉텅뭉텅 빠졌으며 만화도 외설스런 그림만 그리게 됐습니다. 아니, 정확하게 말하겠습니다. 저는 그 무렵부터 춘화를 베껴 밀매하기 시작했습니다. 술값이 필요했기 때문입니다. 항상 제 시선을 피한 채 쩔쩔매는 요시코를 보면 새로운 의혹이 계속 생겨났습니다. 경계심이라고는 없는 여자니 그 장사치랑 한두 번 붙어먹은 게 아닌지도 몰라, 혹시 호리키하고도……, 어쩌면 내가 모르는 사람하고도……, 하는 식으로 의혹이 의혹을 낳았습니다. 그렇다고 과감하게 따져 물을 용기는 없다 보니 지병인 불안감과 공포에 시달리며 그저 소주를 마시고 취해서는 술기운을 빌려 은근슬쩍 비굴한 유도 심문을 조심조심 해보기도 하고, 속으로는 어리석게도 일희일비하면서 겉으로는 호들갑스럽게 광대 짓을 하며 요시코에게 역겨운 지옥의 애무를 하다 잠에 곯아떨어지는 것이었습니다.

그해 말, 고주망태로 취해 밤늦게 집에 돌아온 저는 설탕물 생각이 났습니다. 요시코가 자는 기척이기에 직접 부엌으로 가서 설탕 단지를 찾아들고 뚜껑을 열었습니다. 그러자 단지에 설탕은 없고 웬 길쭉한 검은색 종이 상자가 들어 있었습니다. 별 생각 없이 손에 들었다가 그 상자에 붙어 있는 라벨을 보고 경악했습니다. 라벨은 손톱으로 반 넘게 벗겨져 있었지만 영어 글씨 부분이 남아 있었고 거기에 또렷하게 적혀 있었습니다.

DIAL

다이얼. 그 즈음에는 하도 소주에 절어 살다보니 수면제를 복용하지 않았지만, 불면은 제 지병이나 마찬가지였기 때문에 수면제라면 대부분 알고 있었습니다. 다이얼 한 갑은 분명 치사량 이상일 터였습니다. 아직 상자는 개봉되지 않은 상태였지만 언젠가는 일을 저지를 생각으로 이런 곳에, 그것도 라벨까지 벗겨서 감춰 둔 게 분명했습니다. 가엾게도 저 친구는 라벨에 적힌 영어를 읽지 못해 손톱으로 반만 긁어내고는 제가 모를 줄 안 것이겠지요(당신에게는 아무 죄가 없어).

저는 소리 죽여 컵에 물을 따랐습니다. 천천히 상자

를 열어 약을 모조리 입에 털어 넣고 차분히 컵의 물을 마신 다음 전깃불을 끄고 그대로 잠이 들었습니다.

사흘 밤낮을 죽은 듯 잤다고 합니다. 의사는 과실로 보고 경찰 신고를 미뤄줬다고 합니다. 정신이 들기 시작하면서 맨 처음 중얼댄 말이 "집에 갈 거야"였다고 합니다. 집이란 어느 집을 말하는 것인지 당사자인 저도 잘 모르겠지만 어쨌든 그렇게 헛소리를 하고는 서럽게 울었다고 합니다.

서서히 안개가 걷히고 눈을 떠보니 머리맡에 심사가 단단히 꼬인 표정의 넙치가 앉아 있었습니다.

"요전에도 연말이었거든. 가뜩이나 눈코 뜰 새 없이 바쁜데 해마다 이렇게 연말만 노려서 말썽을 피우니 아주 그냥 내가 죽겠어."

넙치의 말을 듣고 있는 상대는 교바시 바의 마담이었습니다.

"마담."

저는 마담을 불렀습니다.

"앗, 응? 정신이 좀 들어?"

마담은 웃는 얼굴을 제 얼굴 위로 덮을 듯이 바짝 붙

이고 말했습니다.

저는 눈물을 뚝뚝 흘렸습니다.

"요시코랑 헤어지게 좀 해줘."

저도 전혀 생각지 못했던 말이 불쑥 튀어나왔습니다.

마담은 숙였던 허리를 펴더니 이내 희미한 한숨을 내쉬었습니다.

연이어 저는 또 전혀 생각지 못했던, 우습다고 해야 할지 멍청하다고 해야 할지 표현하기 힘든 실언을 했습니다.

"여자가 없는 곳으로 가고 싶어."

우하하하, 하고 먼저 넙치가 큰 소리로 웃음을 터뜨리자 마담도 쿡쿡 웃기 시작했고 저 역시 눈물을 뚝뚝 흘리는 와중에 얼굴을 시뻘겋게 물들인 채 씁쓸히 웃었습니다.

"그래, 그게 좋겠네요."

넙치는 한참을 낄낄 웃으며 말했습니다.

"여자 없는 곳으로 가야죠. 여자가 있는 곳은 아무래도 안 되겠어. 여자가 없는 곳이라, 자알 생각했습니다."

여자가 없는 곳. 저의 이 멍청한 헛소리는 나중에 너

무나도 비참한 형태로 실현되었습니다.

요시코는 제가 자신을 대신해 독을 먹은 거라고 생각하는지 저만 보면 전보다 더 쩔쩔맸습니다. 제가 무슨 말을 해도 통 웃을 줄도 모르고 말 한마디 제대로 하지를 못했습니다. 저 역시 집 안에 있기가 갑갑해 자꾸만 바깥으로 나돌면서 여전히 싸구려 술을 마시는 나날이 이어졌습니다.

그 수면제 사건 이후 제 몸은 비쩍 곯았고 팔다리도 나른해 만화 작업도 게을리하게 됐습니다. 넙치가 문안차 와서 놓고 간 돈(넙치는 "제 성의입니다" 하며 마치 자신의 지갑을 털기라도 한 양 돈을 내밀었지만, 알고 보니 이 역시 고향의 형님들이 보내준 돈인 모양이었습니다. 그때쯤에는 저도 넙치의 집에서 도망쳐 나왔을 때와는 달리 넙치의 그런 허세 연기를 어렴풋이나마 간파할 능력이 생겼기 때문에, 그저 머리를 써서 전혀 눈치채지 못한 척하며 고분고분 넙치에게 고맙다는 말을 했지요. 하지만 애초에 넙치와 형님들이 왜 쓸데없이 그런 복잡한 머리를 굴리는지 알듯 모를 듯한 게 저로서는 참 얄궂게만 느껴졌습니다)으로 큰맘 먹고 혼자 미나미이즈의 온천에도 가봤지만 느긋하게 온천 여행을 즐길 주제도 못 돼서 요시코만 생각하면 몸서리나게 외롭기만 한 게 숙소 방에서 산이나 바라보는 유유자적한 마음 상태가 되지 못했습니다. 옷도 갈아입지 않고 탕에도 들어가지 않은 채 밖으로 뛰쳐나가 지저분한 찻집 비슷한 곳에 들어가서는 소주를 그야말로 뒤집어쓰듯이 마셔 몸을 더 망가뜨린 상태로 도쿄에 돌아왔을 뿐입니다.

도쿄에 큰 눈이 내린 날 밤이었습니다. 술에 취한 저는 여기는 고향 땅에서 몇 백 리인가, 여기는 고향 땅에서 몇 백 리인가, 하고 웅얼웅얼 노래하며 끝도 없이 내리쌓이는 눈을 발끝으로 차듯이 긴자의 뒷골목을 걷다 별안간 구토를 했습니다. 최초의 각혈이었습니다. 눈 위에 커다란 일장기가 그려졌습니다. 저는 한참을 그냥 웅크려 앉아 있다가 깨끗한 눈을 두 손으로 퍼 얼굴을 씻으며 울었습니다.

'여기는 어드메 오솔길인가, 여기는 어드메 오솔길인가.'

어린 소녀의 가련한 노랫소리가 환청처럼 저 멀리서 희미하게 들려옵니다. 불행. 이 세상에는 온갖 불행한 사람들이 있습니다. 아니, 불행한 사람들만 있다고 해도 과언이 아닐 겁니다. 하지만 그 사람들의 불행은 이른바 세상을 향해 당당히 항의할 수 있으며 '세상' 또한 그 사람들의 항의를 쉽게 이해해주고 동정해줍니다. 하지만 저의 불행은 모두 저의 죄악에서 비롯된 것이라서 누구에게도 항의할 수가 없습니다. 혹시 우물우물 한마디라도 항의 비슷한 말을 꺼낼라치면, 비단 넙치뿐만이 아니라 세상의 모든 사람들이 '트인 입이라고 뻔뻔하게 잘도 지껄인다'며 기막혀할 것입니다. 저란 사람이 이기주의자인지, 아니면 반대로 너무 심약한 것인지 아무리 생각해도 잘 모르겠습니다. 하지만 어느 쪽이든 죄악 덩어리인 모양이니 스스로 끝도 없이 자신을 불행에 몰아넣을 뿐 그걸 멈추게 할 구체적인 대책 따위가 전혀 없습니다.

저는 일어서서 우선 무슨 약이든 먹어야겠다 싶어 근처 약국에 들어갔습니다. 약국 부인과 눈이 마주친 순간, 부인은 플래시 세례라도 받은 것처럼 고개를 번쩍 들고 눈을 휘둥그레 뜬 채 그대로 얼어붙었습니다. 하지만 그 크게 뜬 눈에는 경악의 빛이나 혐오의 빛이 아닌, 거의 구원을 갈구하는 듯한 빛이 어려 있었습니다. 아아, 이 사람도 분명 불행한 사람이구나, 불행한 사람은 남의 불행에도 민감한 법이지, 하고 생각했을 때 문득 그 부인이 목발을 짚고 아슬아슬하게 서 있는 모습이 눈에 들어왔습니다. 당장 곁으로 가 부축해주고 싶은 마음을 억누른 채 계속해서 그 부인과 얼굴을 마주하고 있는 사이 주르륵 눈물이 흘러나왔습니다. 그러자 부인의 커다란 눈에서도 눈물이 뚝뚝 흘러넘쳤습니다.

그대로 한마디 말도 건네지 않은 채 저는 그 약국을 나와 휘청휘청 집으로 돌아왔습니다. 요시코에게 소금물을 만들어달라고 해서 마신 다음 말없이 잠자리에 들었고 다음 날도 감기 기운이 있다고 둘러대며 하루 종일 잤습니다. 밤이 되자 제 비밀스런 각혈이 아무래도 걱정이 돼서 자리를 털고 일어나 그 약국에 갔습니다. 이번에는 웃으며 약국 부인에게 있는 그대로 지금 몸 상태를 털어놓은 뒤 상담을 했습니다.

"술을 삼가야겠어요."

우리는 마치 피붙이 같았습니다.

"알코올중독인 것 같습니다. 지금도 마시고 싶어요."

"안 돼요. 제 남편도 폐결핵이었는데 술로 결핵균을 죽이겠다며 술독에 빠져 살다 명을 재촉했어요."

"불안해 죽겠어요. 무서워서 견딜 수가 없어요."

"약을 드릴게요. 술은 꼭 끊어요."

부인(미망인으로 하나 있는 아들이 지바인지 어디인지 의대에 입학했는데 입학하고 얼마 후 아버지와 같은 병에 걸려 휴학하고 입원 중이며, 집에는 중풍에 걸린 시아버지가 누워 있고, 부인은 다섯 살 때 앓은 소아마비로 한쪽 다리를 전혀 쓰지 못했습니다)은 또각또각 목발을 짚고 저를 위해 이쪽 선반, 저쪽 서랍을 뒤적거리며 이것저것 약을 조제해줬습니다.

이건 조혈제, 이건 비타민 주사액, 주사기는 여기, 이건 칼슘 정제, 위장이 상하지 않도록 디아스타제.

이건 뭐, 이건 뭐, 하며 애정을 담아 대여섯 종류의 약품을 설명해줬는데 이 불행한 부인의 애정 역시 제게는 지나치게 깊었습니다. 마지막으로 부인이, 이건 도저히 술을 참을 수 없을 때 먹는 약이라며 재빠른 동작으로 종이에 싸준 작은 상자.

모르핀 주사액이었습니다.

술보다는 덜 해롭다고 부인도 말했고 저도 그 말을 믿었습니다. 그러잖아도 술의 취기가 불결하게 느껴지기 시작한 참이기도 했고 오랜만에 알코올이라는 마귀 사탄한테서 벗어날 수 있겠다는 기쁨이 차올랐습니다. 저는 아무런 망설임 없이 제 팔에 그 모르핀 주사를 놓았습니다. 불안감도 초조감도 수줍음도 깨끗하게 사라지고 저는 극히 명랑한 달변가가 되었습니다. 그 주사를 맞으니 지금 제 몸이 얼마나 쇠약해져 있는지도 까맣게 잊은 채 만화 작업에 열심히 매달릴 수 있었고, 제 손으로 그리면서도 웃음이 터져 나올 만큼 기발한 아이디어들이 탄생했습니다.

하루에 한 대만 맞는다는 게 두 대가 되고 네 대가 되었을 즈음, 저는 이미 모르핀이 없으면 일을 할 수 없는 상태가 되어 있었습니다.

"안 돼요, 중독되면 큰일 나요."

약국 부인의 그 말을 듣고 나니 저는 이미 심각한 중독환자가 된 것 같은 기분이 들어서(저는 남의 암시에 정말이지 쉽게 걸려드는 성격입니다. "이 돈은 쓰면 안 돼" 하고 말해 놓고 "하긴 널 믿는 게 바보지만" 하는 말을 덧붙여버리면 왠지 그 돈을 안 쓰는 게 잘못인 것 같고 기대를 배신하는 것 같은 이상한 착각이 들어서 백이면 백, 곧장 그 돈을 써버립니다) 그 중독의 불안 때문에 오히려 약을 잔뜩 원하게 됐습니다.

"부탁해요! 한 상자만 더. 계산은 월말에 꼭 할게요."

"계산이야 언제하든 상관없는데 경찰이 귀찮게 해서."

아아, 제 주위에는 이렇게 항상 탁하고 어둡고 수상쩍은 음지인의 기운이 따라다니는 것입니다.

"어떻게든 대충 얼버무려주시면 되잖아요, 부탁드려요, 부인. 키스해드릴게요."

부인은 얼굴을 붉게 물들입니다.

저는 이때다 싶어 물고 늘어졌습니다.

"약이 없으면 통 일이 손에 안 잡혀요. 저한테 그 약은 정력제 같은 거라고요."

"그럼 차라리 호르몬 주사를 맞지 그래요."

"누굴 바보로 아세요? 술이든 그 약이든 둘 중 하나가 없으면 일을 할 수가 없어요."

"술은 안 돼요."

"그렇죠? 그 약을 쓰고 난 뒤로 술은 한 방울도 안 마셨어요. 덕분에 몸이 아주 좋아졌다고요. 나도 언제까지고 허접한 만화나 그리고 있을 수는 없잖아요. 이제부터 술은 딱 끊고 건강한 몸을 만들어서 공부도 하고 훌륭한 화가가 될 거라고요. 지금이 정말 중요한 때예요. 그러니까 부탁해요. 키스해드릴까요?"

부인은 웃음을 터뜨리며 대답했습니다.

"골치 아프네. 중독이 돼도 책임 못 져요."

또각또각 목발 소리를 내며 선반에서 그 약품을 꺼내옵니다.

"한 상자는 못 줘요. 금방 다 써버리니까. 반만 줄게요."

"아, 정말 쩨쩨하게, 뭐, 어쩔 수 없죠."

집에 돌아오기가 무섭게 주사를 한 대 놓습니다.

"안 아파요?"

요시코가 우물쭈물하며 제게 묻습니다.

"당연히 아프지. 하지만 작업 능률을 올리려면 어쩔 수 없어. 요즘 나 활기찬 거 봤지? 자, 일을 해보자, 일, 일."

저는 들썩들썩 신이 나서 대꾸합니다.

한밤중에 약국 문을 두드린 적도 있습니다. 잠옷 차림으로 또각또각 목발을 짚고 나타난 부인에게 갑자기

달려들어 키스를 하고 우는 시늉을 했습니다.

부인은 말없이 제 손에 한 상자를 건네줬습니다.

이 약 역시 소주와 마찬가지로, 아니 그보다 훨씬 끔찍하도록 불결한 것임을 사무치게 깨달았을 때 이미 저는 완전한 중독환자가 되어 있었습니다. 정말이지 파렴치의 끝을 달렸습니다. 저는 그 약을 손에 넣기 위해 다시금 춘화를 복제하기 시작했고 불구의 그 약국 부인과 문자 그대로 추악한 관계까지 맺었습니다.

죽고 싶다, 차라리 죽고 싶다. 이제 돌이킬 수 없다. 무슨 일을 해도, 어떤 짓을 해도 점점 더 나빠질 뿐이다. 부끄러움에 부끄러움을 덧칠하게 될 뿐이다. 자전거를 타고 아오바 폭포에 간다니, 나 따위는 바라서도 안 될 일이다, 그저 추잡스런 죄에 한심스런 죄가 겹치고 고뇌는 커져 강렬해질 뿐이다. 죽고 싶다, 죽어야만 한다, 살아 있는 것 자체가 죄의 씨앗이다. 이런 생각들로 몸부림치는 와중에도 집과 약국 사이를 반미치광이 꼴로 오락가락하는 것이었습니다.

아무리 일을 해도 약의 사용량도 더불어 늘어갔기 때문에 빌린 약값은 어마어마한 액수가 되었습니다. 부인은 제 얼굴만 보면 눈물을 보였고 저도 눈물을 흘렸습니다.

지옥.

이 지옥에서 벗어나기 위한 마지막 수단, 이것마저 실패한다면 그때는 목을 매는 수밖에 없다는, 신의 존재를 걸고 도박을 할 정도의 굳은 결심을 하고 저는 고향의 아버지 앞으로 긴 편지를 써 제 모든 사정을(여자 문제는 아무래도 쓰지 못했습니다만) 고백했습니다.

하지만 결과는 더 엉망진창이 되었습니다. 목이 빠지게 기다리고 또 기다려도 답장은 올 생각도 하지 않았고, 초조감과 불안감 때문에 약의 양만 더 늘고 말았습니다.

오늘 밤에는 주사 열 대를 한꺼번에 맞고 큰 강에 몸을 던지자고 남몰래 각오한 날 오후, 악마적인 감으로 냄새를 맡기라도 한 것처럼 넙치가 호리키를 데리고 제 앞에 나타났습니다.

"너, 각혈을 했다며?"

호리키는 제 앞에 책상다리를 하고 앉아 그렇게 말하더니 지금까지 한 번도 본 적 없는 다정한 얼굴로 웃어줬습니다. 그 다정한 웃음이 고맙고 기뻐서 저는 그만 고개를 돌린 채 눈물을 흘렸습니다. 그의 그 다정한 웃음 하나에 저는 완전히 박살 나고 매장당했습니다.

저는 자동차에 실렸습니다. 좌우지간 입원부터 해야 한다, 뒷일은 자신들이 알아서 하겠다, 라며 넙치도 조용조용한 말투로(자비가 흘러넘친다고 해도 좋을 만큼 차분한 말투였습니다) 저를 설득했고, 저는 의지고 판단이고 없는 사람처럼 그저 훌쩍훌쩍 울면서 두 사람의 말에 고분고분 따랐습니다. 요시코까지 해서 우리 넷은 꽤 오래 차를 타고 가다 사방이 어두해졌을 때쯤 숲속에 있는 커다란 병원 입구에 도착했습니다.

결핵 요양소인 줄로만 알았습니다.

저는 젊은 의사의 심히 나긋나긋하고 정중한 진찰을 받았습니다.

"뭐, 한동안 여기서 요양을 하시죠."

의사는 꼭 수줍은 것처럼 웃으며 말했고, 넙치와 호리키와 요시코는 저를 남겨두고 돌아가기로 했습니다. 요시코는 갈아입을 옷가지가 든 보따리를 제게 준 다음 말없이 허리띠 안에서 주사기와 남아 있던 그 약을 꺼냈습니다. 역시 정력제라고 생각했던 걸까요.

"아니야, 이제 필요 없어."

정말 드문 일이었습니다. 누가 권하는 것을 거부한 일은 그때까지 제 인생에서 그때가 유일했습니다. 제 불행은 거부할 능력이 없는 자의 불행이었습니다. 권하는 것을 거부하면 상대의 마음에나 제 마음에나 영원히 메울 수 없는 커다란 골이 생길 것 같은 공포심에 떨었던 겁니다. 하지만 저는 그때, 반미치광이가 되어 그토록 원하던 모르핀을 아주 자연스럽게 거부했습니다. 요시코의, 말하자면 '신(神)과도 같은 무지'에 감동받았던 걸까요. 저는 그 순간 이미 중독에서 벗어났는지도 모릅니다.

하지만 저는 그 뒤 곧바로 그 수줍게 웃는 젊은 의사의 안내에 따라 한 병동에 들어갔고, 철커덩하며 자물쇠가 채워졌습니다. 정신병원이었습니다.

여자가 없는 곳으로 가고 싶다고 했던, 수면제 사건 때의 제 어리석은 헛소리가 참으로 얄궂은 형태로 실현된 것이었습니다. 그 병동에는 남자 미치광이들뿐인 데다 간호사까지 남자여서 여자라고는 그림자도 보이지 않았습니다.

이제 저는 죄인은 고사하고 아예 광인이 되었습니다. 아니요, 결단코 저는 미치지 않았습니다. 단 한순간도 미친 적 없습니다. 하지만 아아, 미치광이들은 보통 그렇게들 말한다고 합니다. 한마디로 말해 이 병원에 수용된 자들은 미치광이고 수용되지 않은 자들은 정상인이라는 겁니다.

신께 묻습니다. 무저항이 죄인가요?

호리키의 그 신기할 정도로 아름답던 웃음에 저는 눈물을 쏟아내며 판단이고 저항이고 할 생각조차 못한 채 자동차에 실려 여기까지 왔고, 미치광이가 되었습니다. 당장 여기서 나간들 제 이마에는 역시 광인, 아니 폐인이라는 낙인이 찍히게 되겠지요.

인간, 실격.

이제 저는 완전히 인간이 아니게 되었습니다.

이곳에 온 게 초여름이라 쇠창살이 박힌 창밖으로 병원 뜰의 작은 연못에 붉은 수련 꽃이 피어 있는 게 보였는데 그 뒤로 석 달이 지나 뜰에 코스모스가 피기 시작했을 무렵 뜻밖에도 고향의 큰형님이 넙치를 대동하고 저를 데리러 왔습니다. 아버지가 지난달 말에 위궤양으로 돌아가셨다고 했습니다.

"이제 네 과거는 묻지 않겠다. 먹고살 걱정도 없게 해줄 생각이니 아무것도 안 해도 좋아. 대신 미련이야 많겠지만 당장 도쿄를 떠나 시골에서 요양 생활을 해. 네가 도쿄에서 저지른 일들의 모든 뒤처리는 시부타가 대부분 해놓았을 테니 그 걱정은 하지 말고."

늘 그렇듯 고지식하고 딱딱한 말투로 큰형님은 이야기했습니다.

고향의 산하가 눈앞에 어른거리는 듯한 기분이 들어 저는 작게 고개를 끄덕였습니다.

그야말로 폐인.

아버지가 돌아가셨다는 말을 듣고부터 저는 점점 더 넋 나간 인간이 되어갔습니다. 이제 아버지가 없다. 내 가슴속에서 단 한순간도 떠난 적 없던 그 그립고도 무서운 존재가 이제는 없다. 제 고뇌의 항아리가 이제 텅 빈 느낌이었습니다. 제 고뇌의 항아리가 유난히 무거웠던 것도 다 아버지 탓이었던 게 아닐까 싶을 정도였습니다. 모든 의욕이 사라져 버렸습니다. 고뇌할 능력조차 잃었습니다.

큰형님은 약속한 것들을 모두 정확히 실행해줬습니다. 태어나고 자란 고향 동네에서 기차로 네댓 시간을 남쪽으로 내려간 곳에, 도호쿠 지방에서는 찾기 힘들 정도로 따뜻한 바닷가 온천지가 있었습니다. 그 마을 변두리에 있는, 방은 다섯 칸이나 되지만 얼마나 오래됐는지 벽이 다 흘러내리고 기둥은 벌레 먹은 상태인데 수리는 엄두도 못 낼 지경의 초가집 한 채를 사서 제게 주고, 예순이 다 된 머리카락 색이 지독히도 빨간 추한 하녀를 한 명 붙여줬습니다.

그렇게 3년 남짓한 세월이 흘렀습니다. 저는 그 사이 그 데쓰코라는 늙은 하녀한테 몇 번이나 해괴망측한 짓을 당하면서 때로는 부부 싸움 비슷한 것도 하게 됐고, 가슴의 병은 일진일퇴, 살이 올랐다 빠졌다, 각혈을 했다가 안 했다가 하고 있습니다.

어제는 데쓰코에게 칼모틴을 사 오라며 마을 약국에 심부름을 보냈더니 평소 사 오는 상자와 다른 모양의 상자를 사 왔는데, 딱히 신경 쓰지 않고 있다 자기 전에 열 알을 먹었습니다. 그런데 통 잠이 안 와서 이상하다, 이상하다 하는 사이 배가 아파 급히 변소로 가니 심한 설사가 나왔습니다. 그 뒤로도 세 번이나 연달아 변소에 가야 했습니다. 아무래도 이상해서 약 상자를 자세히 보니 헤노모틴이라고 하는 설사약이었습니다.

저는 드러누워 배에 따뜻한 물주머니를 얹으며 데쓰코에게 한소리 해야겠다고 생각했습니다.

"이건 칼모틴이 아니잖아. 이건 헤노모틴이라고 ……."

그렇게 입을 열었다가 제풀에 그만 우후후 웃고 말았습니다. '폐인'이란 아무래도 희극 명사인 모양입니다. 잠을 자겠다고 설사약을 먹고, 그나마도 그 설사약 이름이 헤노모틴이라니.

지금 저는 행복하지도 불행하지도 않습니다.

그저 모든 것은 지나갑니다.

제가 지금까지 아비규환으로 살아온 이른바 '인간' 세상에서 딱 하나 진리 같다고 느낀 것은 그것뿐이었습니다.

그저 모든 것은 지나갑니다.

저는 올해 스물일곱이 됩니다. 흰머리가 부쩍 늘어서 대부분의 사람들은 마흔이 넘은 나이로 봅니다.

후기

이 수기를 쓴 미치광이를 나는 직접 알지는 못한다. 하지만 이 수기에 나오는 교바시의 스탠드바 마담으로 짐작되는 인물은 조금 알고 있다. 아담한 체구에 얼굴빛이 좋지 않으며 눈은 가느다랗게 위로 찢어졌고 코는 오똑한데, 미인이라기보다는 미청년이라고 하는 게 낫다 싶을 정도로 탄탄한 느낌을 주는 사람이었다. 이 수기에는 1930년에서 1932년까지의 도쿄 풍경이 주로 담겨 있는 것으로 보이는데, 내가 그 교바시의 스탠드바에 친구를 따라 두어 번 들러 하이볼*을 마신 게 바로 일본의 '군부'가 슬슬 노골적으로 날뛰기 시작한 1935년 무렵이었으니 이 수기를 쓴 남자와 직접 볼 일은 없었던 셈이다.

그런데 올해 2월, 나는 지바 현 후나바시 시에 피난가 있는 친구를 찾아갔다. 그 친구는 내 대학 동기로 지금은 모 여대에서 강사 노릇을 하고 있는데, 사실 이 친구에게 내 친척의 혼담을 부탁한 게 있어 그 볼일도 있고 겸사겸사 신선한 해산물을 좀 구입해 식구들에게 먹이자 싶어서, 배낭을 둘러메고 후나바시 시까지 갔던 것이다.

후나바시 시는 누런 흙탕물 바다를 마주한 제법 큰 도시였다. 새로운 주민인 그 친구의 집은 그 지역 토박이들에게 주소를 대며 물어봐도 좀체 아는 사람이 없었다. 추운 데다 배낭을 멘 어깨도 슬슬 아파진 나는 레코드에서 흘러나오는 바이올린 소리에 이끌려 한 찻집 문을 밀었다.

그곳 마담의 얼굴이 눈에 익기에 물어봤더니 10년 전에 교바시에서 작은 바를 운영했던 바로 그 마담이었

---

* 탄산수를 탄 위스키

다. 마담도 내가 바로 생각이 났는지 서로 호들갑스럽게 반색하며 웃었다. 그리고 이런 시기에 다들 그러듯이 저번 공습 때 집이 불타 길에 나앉은 경험담을 피차 묻지도 않았는데 자랑이라도 되는 양 떠들어댔다.

"그나저나 안 변하셨네요."

"아니요, 이제 할머니가 다 됐는데요, 뭘. 온몸이 삐걱거려요. 그러는 그쪽이야말로 여전히 젊네요."

"당치도 않습니다, 벌써 아이가 셋이나 되는 걸요. 오늘은 그 녀석들을 위해 장이나 볼까 해서."

그렇게 오랜만에 만난 사람들끼리 흔히 하는 인사를 나눈 다음 둘이 공통으로 아는 사람들의 소식을 물었는데, 문득 마담이 말투를 가다듬더니 혹시 요조를 아느냐고 물었다. 그런 사람은 모른다고 하자 마담은 안으로 가서 세 권의 노트와 석 장의 사진을 들고 나와 나에게 건네주며 말했다.

"혹시나 소설 소재가 될까 해서."

나는 남이 억지로 들이미는 소재로는 글을 쓰지 않는 성격이라 그 자리에서 바로 돌려줄까도 생각했지만 그 사진(석 장의 사진이 얼마나 기괴했는지는 앞서 서문에도 써뒀다)에 마음이 동해 우선 노트를 받아두기로 하고 돌아가는 길에 다시 들르겠다고 했다. 그리고 혹시 무슨 동네 몇 번지의 아무개 씨라고 여대 선생을 하는데 그 사람 집을 아느냐고 물어봤더니 역시 이 지역의 새로운 주민들끼리는 알고 있었다. 가끔 이 찻집에도 들른다고 한다. 바로 근처였다.

그날 밤, 친구와 가볍게 술을 걸친 뒤 하룻밤 신세를 지기로 했는데 나는 아침까지 한숨도 자지 않고 그 노트를 읽었다.

그 수기에 적힌 내용은 배경이 옛날이긴 했지만 현대인들이 읽어도 크게 흥미를 가질 것 같았다. 어설프게 내가 글을 건드리느니 이대로 어디 잡지사에 부탁해 발표하는 편이 훨씬 의미 있는 일일 거라고 생각했다.

아이들에게 줄 해산물은 건어물만 샀다. 나는 배낭을 메고 친구 집을 나와 다시 찻집에 들렀다.

"어제는 고마웠습니다. 그나저나……."

거두절미하고 바로 말을 꺼냈다.

"이 노트를 한동안 빌려도 되겠습니까?"

"예, 그럼요."

"이분 아직 살아 있나요?"

"글쎄, 그걸 전혀 모르겠어요. 10년 전쯤에 교바시의 가게로 그 노트와 사진이 든 소포가 왔는데, 물론 보낸 사람은 당연히 요조일 텐데 소포에 주소도 이름도 적혀 있지 않았어요. 공습 때 다른 물건들 틈에 섞여 이것도 신기하게 무사히 남아 있었는데 나도 얼마 전에야 처음으로 끝까지 읽어보고……."

"울었나요?"

"아니요, 울었다기보다는…… 끝이지. 인간도 그렇게까지 돼서야, 이미 끝난 거죠."

"그때부터 10년이면, 죽었을지도 모르겠네요. 이 노트는 마담한테 고맙다는 인사 차원으로 보낸 거겠죠. 조금 과장된 부분도 있는 것 같지만 어쨌거나 마담도 피해를 많이 본 것 같네요. 혹시 이게 전부 사실이라면, 그리고 내가 이 사람 친구였다면 역시 정신병원으로 데려갔을지도 모르겠어요."

"그 사람 아버지가 나쁜 거예요."

마담이 무심히 중얼거렸다.

"우리가 아는 요조는 정말이지 순수하고 재치 있고,

술만 안 마셨더라면, 아니, 술을 마셨어도…… 천사처럼 착한 친구였지."

절망과 절규 속에서 피어난 인간에 대한 희망의 빛

다자이 오사무는 39년이라는 길지 않은 생애 동안 네 번 자살을 시도하고, 결국 다섯 번째 시도에 생을 마감하였다. 무엇이 그를 이토록 처절한 자기 파멸로 치닫게 하였을까, 무엇이 그를 절망케 했던 것일까, 하는 의문을 갖게 한다. 결국 우리가 그의 작품을 통해 만나게 되는 것은 인간이라는 존재에 대한 근원적이고 본질적인 물음과 그에 대한 해답을 찾는 과정이라 할 수 있다. '인간으로서 어떻게 살아야 하는 것인가' 하는 것은 본질적이면서도 절박한 물음인 것이다. 어떻게 보면《인간 실격》은 그에 대한 사실의 기록보다는 무엇이 인간다운 것인가를 제시하는 하나의 물음이자, 생명 내부에 흐르는 하나의 길을 찾아 나서는 작업이라 할 수 있다.

무서운 생의 진실을 찾아서

《인간 실격》은 '나'라는 화자의 서술로 이야기가 시작된다. 세 장의 사진, 첫 번째 사진 속 인물에 대해 "애초에 이건 웃는 얼굴이 아니다. 이 아이는 전혀 웃고 있지 않다"라고 묘사하고 있다. 그러면서도 "원숭이다. 원숭이가 웃는 얼굴이다. 그저 얼굴에 흉한 주름을 잡고 있을 뿐이다"라며 뒤에 이어질 첫 번째 이야기에 대한 내용을 암시하고 있다. 사람들은 서로 겉으로 보기에 웃고 있기는 하나, 웃고 있는 것이 아니다. 사람들은 허위로 가득 찬 세상과 배신으로 점철된 삶을 살고 있다.

두 번째 사진은 "인간의 웃음과는 다르다. 피의 무게라고 하나, 생명의 깊은 맛이라고 하나, 그런 충실감은 티끌만치도 없이 그야말로 새처럼, 아니 깃털처럼 가볍게, 그저 백지 한 장처럼 그렇게 웃고 있다"라고 사진 속의 인물을 그리고 있다. 사진 속의 아이는 성장하여 이제 청년이 되었지만, 그의 모습은 사람의 얼굴을 갖고 있으나 여전히 가식적이다. 남들에게 비춰지는 모습이 여느 사람들과 다름없을지 몰라도 인간으로서 살아가는 것에 익숙지 않은 모습이다.

마지막 사진은 이 작품의 전체적인 분위기를 설정해 주고 있다. "화롯불에 두 손을 쬐는 자세로 자연스럽게 죽은 것 같은" 사진 속 인물은, "안개처럼 흔적도 없이 사라져 버려 도무지 생각나지 않는다"라고 말하고 있다. 인간으로서 존재감이 사라진다는 것은 인간으로서 자격이 상실되었다는 것이다. 결국 마지막 사진 속 인물은 인간으로서 자격을 상실한 모습임을 짐작할 수 있다. 이 세 장의 사진 속 모습을 통해 다자이 오사무는 '인간으로서 어떻게 살아야 하는 것인가' 하는 질문을 먼저 던지고 있다.

그렇다면 다자이 오사무는 작품 속 주인공 요조를 통해 어떤 이야기를 하고 싶었던 것일까?

시골의 부잣집에서 태어난 요조는 너무 순수해서 어린 시절부터 세상에 잘 적응하지 못한다. 특히 서로를 속이면서 조금의 상처도 받지 않고 살아가는 인간에 대한 공포를 느낀다. 그는 도쿄의 고등학교로 전학하고 화방을 다니게 되는데, 거기에서 술과 담배, 매춘부, 전당포와 좌익 사상을 알게 되고 그것들이 일시적으로나마 기분을 달랠 수 있는 수단임을 배운다. 자신과 다를 바 없이 비참한 생활을 영위하는 카페의 여급과 동반자살을 시도하지만 여자는 죽고, 자신만 살아남는다.

죄의식과 인간에 대한 공포, 그리고 허위로 가득 찬 세상과 배신으로 점철된 삶. 그는 조금의 의심도 없는 순수한 내연의 처 요시코가 강간당하는 장면을 보고 충격을 받게 된다. 그 상처로 인해 어떤 인간을 만나든 더욱더 의심하게 되고, 공포에 떨게 하는 원인이 된다. 결국 자살을 기도하나 실패하게 되고 마침내 인간 실격자가 되고 만다.

다자이 오사무는 이 세계에서 인간답게 살려면, 인간의 자격을 박탈당하고 파멸되어야만 한다는, 무서운 생의 진실을 한 사람을 통해 말하고 있다. '그저 모든 것은 지나갑니다'라고 말하는 그의 마지막 말에 공감하지 않을 수 없다.

처절한 반성과 절망의 외침

이 작품을 발표한 1948년, 다자이 오사무는 자살로 생을 마감한다. 그의 삶과 문학에 있어서 자살은 하나의 테마를 이루고 있다. 자살 이외에는 희망을 가질 수 없었던 현대의 상황, 그것이 그가 지녔던 존재에 대한 태도다. 그가 세상에 던지고 있는 물음은 그만큼 우리 현대적인 삶이 실존적인 위기에 놓여 있다는 것을 의미한다. 현대사회에서 인간의 삶이 얼마나 위기에 노출되어 있는지 한번 생각해 보면, 우리 자신 곁에도 죽음이 와 있다는 것을 알 수 있다.

또한 그가《인간 실격》속에서 현대인에게 던지는 '인간에 대한 신뢰가 과연 가능한가?'라는 질문은 우리로 하여금 다시 한번 생각하게 한다. 신뢰 관계가 부재했기에 주인공 요조는 공포에 떨었던 것이다. 요조는 "주변 사람들의 고통의 성질이나 정도를 도무지 짐작조차 못하는 것입니다. 현실적인 고통, 그저 밥만 먹으면서 살 수 있다면 해결되는 고통, 하지만 그것이야말로 가장 지독한 고통이며 내가 가진 열 가지 불행 따위를 단 번에 날려 버릴 정도로 처참한 아비규환의 지옥인지도 모릅니다"라고 말한다. 누구에게는 평범한 일상이 가장 고통스러운 것이며, 누구에게는 행복한 모습을 보는 것이 지독한 고통일 수 있는 것이다. 인간으로서 서로 신뢰를 쌓지 못했기 때문이다. 왜일까? 아마도 그것은 자신이 인간으로서 온전하게 존재하지 못한다고 여겼기 때문일 것이다.

'인간에게 호소해 보아도 아무런 소용이 없다'라고 절망하는 요조. '인간의 격을 박탈'당하고 믿음이 존재하지 않는 곳에서 타인을 신뢰할 수 있는 능력마저 상실해 버린다. 이 지상에서 존재할 수 있는 기반을 완전히 상실해 버린 것이다. 급기야 '인간 실격'이 되고 인간도 아무것도 아니라는 상황에 내몰리게 된다.

막다른 곳으로 내몰린 그의 절망과 허무를 통해 독자들은 과연 인간으로 산다는 것이 무엇인가를 고민하게 된다. 더 나아가 상실된 인간성을 회복하고자 하는 인간 신뢰의 희망적인 빛이 그의 절망에서 새어 나온다. 다자이 오사무의 암울한 절망과 절규 속에서 '인간 신뢰에 대한 희망의 길'이 열리고 있는 것이다.

다자이 오사무는 물질적인 혜택을 받고 자랐지만, 가

족과의 관계에서는 본질적으로 이방인이었다. 이방인이란 어떤 인간이 어떤 장소에서 국외자로 존재하게 되는 경우를 말하며 일반적으로 타자화되는 상황을 말한다. 고향에 있으면서도 혹은 본가에 있으면서도 가족들과 사랑에 기반한 교감을 유지하지 못하고 가족과 고향을 그리워해야 하는 인간이라면 누구나 다자이 오사무와 같은 '이방인'의 입장이 될 수 있는 것이다.

《인간 실격》을 통해 우리 자신의 처지를 되돌아보지 않을 수 없다. 짧은 인생은 영원이라는 시간 앞에서 이방인이 된다. 왜냐하면 영원한 시간 위에 우리 인생의 보금자리를 틀 수 없기 때문이다. 만남에 아무런 환희도 없고 이별에 아무런 슬픔도 없는 황량한 인간관계는 그야말로 인간 실격의 삶이다. 타자와의 관계에는 가슴과 영혼의 교류가 필요하다. 산다고 하는 것, 존재한다는 것은 진실된 어울림이다.

다자이 오사무의 현재적 의미

《인간 실격》에서 말하고자 하는 또 하나의 메시지는 인간이 인간답게 존재할 수 없는 비인간화 요소의 문제다. '살아간다는 것'은 인간답게 사는 것인데, 인간다운 인간이 되려고 하면 할수록 인간의 자리에서 밀려나는 것이 오늘날의 현실이다. 다자이 오사무는 희망을 잃고 좌절하는 주인공의 영혼 풍경을 통해서 인간다운 존재의 조건과 존재의 이유를 되새기게 하는 본질적인 물음에 이르게 한다.

사람이 인간답게 살기 위해 자신을 성찰할 때 스스로에게 실망하지 않을 수 없다. 왜냐하면 우리 안에 내재하는 비인간적이고 허위적인 면에 대해 자각하기 때문이다. 다자이 오사무는 이를 작품을 통해 자신 속에 숨어 있는, 그리고 자신의 성장 환경에 주어진 허위적인 상황을 철저히 뼈저리게 인식하고 저항하는 내용들을 작품 곳곳에서 드러낸다. 그래서 '죽고 싶다. 죽어야만 한다, 살아 있는 것 자체가 죄의 씨앗이다'라고 고뇌에 찬 외침을 보낸다.

이러한 고뇌 속에서 죽음은 최대의 유혹이다. 다자이가 네 차례나 자살을 시도하고 다섯 번째 자살에 성공한 것도 우연한 일이 아니다. 그는 철저하게 인간답게 존재하기 위해 끝까지 노력한 작가라 할 수 있다.

자신의 곁에 끝까지 있었던 사람들이 '병을 고쳐 준다'고 데려간 곳은 바로 정신병원이었다. 정신병원 입원이 의미하는 것은 정상인이었던 그가, 그날부터 정신병자가 되어 세상 사람들로부터 배척당하게 된다는 것이다. 그야말로 '인간 자격 박탈'인 것이다. 믿었던 주위 사람들로부터의 배반, 이러한 배반은 누구에게나 일어날 수 있는 일이다.

결국 요조는 최후의 절규를 한다. "신께 묻습니다. 신뢰는 죄가 되나요?" 그래서 다자이 오사무는 파멸형 작가로서 존재할 수밖에 없었던 것이다. 그는 삶 내내 자신의 죄의식에 시달려야 했으며, 마약중독과 데카당스 윤리에 의한 하강지향적인 삶의 궤적에서 이루어진 것이 그의 문학이다. 자기 존재에 대한 부끄러움이 또 하나의 커다란 축을 이루고 있다.

현대사회는 자기 자신에 대한 처절한 반성과 절망이 요구되는 격변기라 할 수 있다. 지금 우리가 처해 있는 상황은 가치관의 혼란, 세대 간의 갈등, 의견의 대립 구조 등 어떤 해법을 모색해야 할 필요성을 절박하게 느끼게 한다. 그래서 인간이기 때문에 끌어안을 수밖에 없는 나약함, 불신감, 절망감에 목숨을 걸고 천착하고자 한 다자이 오사무의 작가적 자세는 시사하는 바가 크다. 다자이 오사무의 절망이 그대로 하나의 해법이 될 수는 없다고 해도, 자기반성과 책임 의식이 전제되지 않는다면 우리는 늘 같은 자리에 머물 수밖에 없다.

우리가 이 세상을 살아 나가기 위해서 '나'라는 존재는 무엇인가? 하는 끊임없는 질문과 자아성찰이 필요한 때다.

신경범*

---

* 특별기고가. 광고기획, 마케팅, 편집위원 등을 통해 여러 가지 기획물과 잡지 발간을 진행했다. 중앙대학교 대학원에서 문예창작학 박사 수료, 현재 월간《안경계》편집장이다.

| 작가 연보 |

1909년 다자이 오사무(太宰治)는 아오모리 현 쓰가루 군 카나기 마치에서 11남매 중 여섯째 아들로 태어났으며 본명은 츠시마 슈지(津島修治)이다. 당시 부친인 츠시마 겡에몬은 굴지의 대지주로, 그의 가족과 하인들을 포함한 총 서른 명이 한 집에서 살았다. 하지만 고리대금업으로 부를 획득한 집안 내력에 대한 혐오감과 죄의식으로 평생 괴로워한다.

1922년 카나기 제일심상 소학교를 수석 졸업한다. 이때 부친이 고액 납세자로서 귀족원(현 참의원) 의원으로 선출된다.

1923년 부친이 별세하고 아오모리 중학교에 입학한다.

1927년 히로사키 고등학교 문과에 입학한다. 그해 7월 당시 심취해 있던 아쿠타가와 류노스케의 자살 소식에 큰 충격을 받고 학업을 포기하기에 이른다. 이때부터 화류계 출입을 시작했으며 기생 오야마 하츠요를 만난다.

1929년 고등학교에서 발행하던 신문과 동인지에 작품을 발표한다. 같은 해 12월 10일 밤 하숙집에서 수면제로 자살을 기도하나 실패한다.

1930년 3월에 고등학교를 졸업하고, 4월에 도쿄제국대학(현 도쿄대학) 불문과에 입학한다. 7월에는 《학생군》을 아오모리 지방의 동인지 《좌표》에 발표하면서 정치 운동에 참여하기 시작한다. 11월, 긴자에 있는 카페 호스티스인 타나베 아츠미를 만나 자살을 기도하나 아츠미만 죽는다. 자살방조죄 혐의를 받지만 기소유예 처분을 받는다.

1933년 '다자이 오사무'라는 필명으로 《열차》를 《선데이토오쿠》에 발표한다.

1935년 《문예》에 소설 《역행》을 발표한다. 이 작품으로 다자이 오사무는 제1회 아쿠타가와 상 차석을 차지한다. 그 후 미야코 신문사 입사 시험에 낙방한 뒤 3월 15일 카마쿠라 산중에서 목매어 자살을 기도하나 실패한다. '일본 정신'으로의 회귀를 주장한 문예지 《일본 로망파》에 합류 후 단편 《다스. 게마이네》를 발표한다.

1936년 첫 번째 소설집 《만년》이 간행되어 작가로 인정받는다. 그러나 마약에 중독되어 강제로 정신병원에 수용된다.

1937년 오야마 하츠요와 타니가와다케 산기슭에 있는 수상 온천에서 칼모틴으로 자살을 기도하지만 실패한다. 같은 해에 하츠요와 헤어지고 이듬해까지 거의 활동을 중단한다. 단편 《허구의 봄》 《20세기 기수》를 발표한다.

1938년 7월, 《모사》를 쓰기 시작한다. 장편 《불새》의 집필에 전념하

였으나 이 소설은 미완에 그친다.

1939년 미치코와 결혼했다. 그해 《황금 풍경》이 《국민신문》 주간 단편소설 콩쿠르에서 당선된다.

1940년 단편 《달려라 메로스》를 발표한다.

1945년 단편 《옛날 이야기》를 발표한다.

1947년 전후 사회의 허무함을 그린 《사양》으로 젊은이들의 열렬한 지지를 얻으며 '무뢰파 작가', '데카당스 문학의 대표 작가'로 불리기 시작한다.

1948년 자전적 수기 형식의 소설 《인간 실격》을 탈고하고 《굿바이》를 집필하던 중 유서를 남기고 6월 13일 도쿄 미타카의 다마 강 수원지에 연인과 함께 투신하여 39세의 나이로 비극적 삶을 마감한다.

더스토리 초판본 시리즈 미니북

1 **노인과 바다** | 어니스트 헤밍웨이
1953년 퓰리처상 수상작 / 1954년 노벨 문학상 수상
미국대학위원회 선정 SAT 추천도서

2 **동물 농장** | 조지 오웰
미국대학위원회 선정 SAT 추천도서 / 〈타임〉 선정 현대 100대 영문소설
한국 문인이 선호하는 세계명작소설 100선 / 서울시 교육청 추천도서
논술 및 수능에 출제된 책(1998~2005)

3 **어린 왕자** | 앙투안 드 생텍쥐페리
전 세계 1억 부 이상 판매 기록 / 16개국 언어로 번역

4 **젊은 베르테르의 슬픔** | 요한 볼프강 폰 괴테
세기의 철학가와 문인들의 찬사를 받은 대표작

5 **이방인** | 알베르 카뮈
노벨 연구소 선정 최고의 세계문학 100선 / 1957년 노벨 문학상 수상작
대한민국 명사 101인의 대표 추천작 / 연세대학교 필독도서
미국대학위원회 선정 SAT 추천도서 / 〈타임〉 선정 세상을 움직인 책 100권

6 **위대한 개츠비** | 프랜시스 스콧 피츠제럴드
〈타임〉 선정 현대 100대 영문소설 / 어니스트 헤밍웨이가 인정한 완벽한 일급 작품
20세기 100대 영문소설 1위 / 미국대학위원회 선정 SAT 추천도서

7 **이상한 나라의 앨리스** | 루이스 캐럴
난센스와 판타지의 대표작 / 아카데미 '미술상' 수상한 영화의 원작
19세기 가장 유명한 영국 아동문학 작가

8 **거울나라의 앨리스** | 루이스 캐럴
난센스와 판타지의 대표작 《이상한 나라의 앨리스》 속편
거울 속으로 떠난 앨리스의 두 번째 모험 이야기

9 **데미안** | 헤르만 헤세
1946년 노벨 문학상 수상 작가 / 20세기 일대 센세이션을 일으킨 성장 소설의 고전
서울시 교육청 추천도서

10 **수레바퀴 아래서** | 헤르만 헤세
대한민국 명사 101인의 대표 추천작
헤르만 헤세의 사춘기 시절 경험을 바탕으로 한 자전적 소설
1946년 노벨 문학상 / 국립중앙도서관 선정 청소년 권장도서

11 **싯다르타** | 헤르만 헤세
대한민국 대표 시인 장석남이 강력 추천한 작품
출간과 동시에 10만 부가 넘게 판매된 역작
진정한 자아를 깨닫기 위해 고뇌하던 헤르만 헤세의 자전 소설

12 **크눌프** | 헤르만 헤세
1946년 노벨문학상 수상 작가
8년에 걸쳐 완성된 '젊은 헤세'의 치열한 삶이 엿보이는 작품

13 **청춘은 아름다워** | 헤르만 헤세
1946년 노벨문학상 수상 작가 / 헤르만 헤세가 추억하는 서툰 사랑의 이야기

14 **햄릿** | 윌리엄 셰익스피어
대한민국 명사 101인의 대표 추천작 / 서울대학교 권장도서 100선
서울대학교 동서고전 200선 / 연세대학교 필독도서
미국대학위원회 선정 SAT 추천도서 / 국립중앙도서관 선정 청소년 권장도서

15 **리어 왕** | 윌리엄 셰익스피어
대한민국 명사 101인의 대표 추천작 / 서울대학교 권장도서 100선

16 **맥베스** | 윌리엄 셰익스피어
서울대학교 권장도서 100선 / 연세대학교 필독도서
미국대학위원회 선정 SAT 추천도서 / 국립중앙도서관 선정 청소년 권장도서

17 **오셀로** | 윌리엄 셰익스피어
〈뉴스위크〉 선정 100대 명저 / 서울대학교 권장도서 100선

18 **로미오와 줄리엣** | 윌리엄 셰익스피어
서울대학교 동서고전 200선 / 칼리지보드 선정 고교생 필독서 101권

19 20 21 피터 래빗 이야기 1 ~ 3 | 베아트릭스 포터
세상에서 가장 사랑받는 토끼 이야기 / 자연 보호와 동물 존중 사상이 담긴 작품

22 예언자 | 칼릴 지브란
법정 스님이 마지막까지 머리맡에 남겨둔 책

23 야간 비행 | 앙투안 드 생텍쥐페리
1931년 페미나 문학상 수상 / 작가의 경험이 들어간 직업 소설

24 하늘과 바람과 별과 시(1955년 표지디자인) | 윤동주
요절한 천재 민족 시인의 유고시집 / 대중성과 문학성을 겸비한 시인 김경주 추천작

25 정글북 | 러디어드 키플링
영미권 작품 최초, 최연소 노벨 문학상 수상작 / 정글의 생명력을 담은 자연친화적 작품
작가의 아버지 존 록우드 키플링이 직접 그린 삽화 및 기타 삽화가들 그림 삽입

26 오즈의 마법사 1 – 오즈의 위대한 마법사 | 라이먼 프랭크 바움
미국대학위원회 선정 SAT 추천도서 / 연세대학교 필독도서
국립중앙도서관 선정 우수 번역서

27 오즈의 마법사 2 – 환상의 나라 오즈 | 라이먼 프랭크 바움
미국대학위원회 선정 SAT 추천도서 / 국립중앙도서관 선정 우수 번역서

28 오즈의 마법사 3 – 오즈의 오즈마 공주 | 라이먼 프랭크 바움
미국대학위원회 선정 SAT 추천도서 / 국립중앙도서관 선정 우수 번역서

29 인간 실격 | 다자이 오사무
교육과학기술부 산하 사단법인 한국교육지원회 선정 아침독서 10분 운동 필독서

30 변신(카프카 단편선) | 프란츠 카프카
소외된 인간이었던 작가의 갈등과 고독을 반영 / 서울대학교 추천도서 100선
명사 101명이 추천한 파워클래식

31 자기만의 방 | 버지니아 울프
20세기 페미니즘 비평의 선구자 버지니아 울프의 수필집
국립중앙도서관 선정 권장도서 / 서강대학교 권장도서 100선

32 크리스마스 캐럴 | 찰스 디킨스
셰익스피어와 함께 영국을 대표하는 작가 찰스 디킨스의 중편소설
'책으로 따뜻한 세상 만드는 교사들(책따세)' 권장도서

33 지킬 박사와 하이드 | 로버트 루이스 스티븐슨
2004 한국 문인들이 선호하는 세계명작소설 100선
브로드웨이 뮤지컬 역사상 가장 아름다운 스릴러 〈지킬 앤 하이드〉 원작

34 셜록 홈즈 1 – 주홍색 연구 | 아서 코난 도일
영국 BBC 제작, KBS 방영 〈셜록 홈즈〉의 원작
대한민국 대표 추리 소설가 백휴의 작품 해설 수록

35 셜록 홈즈 2 – 네 개의 서명 | 아서 코난 도일
영국 BBC 제작, KBS 방영 〈셜록 홈즈〉의 원작
대한민국 대표 추리 소설가 백휴의 작품 해설 수록

36 셜록 홈즈 3 – 배스커빌 가의 개 | 아서 코난 도일
영국 BBC 제작, KBS 방영 〈셜록 홈즈〉의 원작
대한민국 대표 추리 소설가 백휴의 작품 해설 수록

37 셜록 홈즈 4 – 공포의 계곡 | 아서 코난 도일
영국 BBC 제작, KBS 방영 〈셜록 홈즈〉의 원작
대한민국 대표 추리 소설가 백휴의 작품 해설 수록

38 피노키오 | 카를로 콜로디
월트 디즈니 인생 최고의 애니메이션으로 재탄생 / 260개 언어로 번역된 교훈적 내용
스티븐 스필버그 감독의 2001년작 〈A.I.〉의 모티브

39 40 41 오만과 편견 1 ~ 3 | 제인 오스틴
서울대학교 동서고전 200선 / 연세대학교 필독도서 / 세인트존스대학교 권장도서
〈텔레그라프〉 완벽한 도서관을 위한 권장도서 100 / 〈가디언〉 권장도서
미국대학위원회 선정 SAT 추천도서 / 국립중앙도서관 선정 청소년 권장도서

42 키다리 아저씨 | 진 웹스터
출간 이래 100년 동안 사랑받아 온 스테디셀러
세상의 편견을 뛰어넘은 편지 형식 소설의 대명사

43 44 그리스인 조르바 1 ~ 2 | 니코스 카잔차키스

미국대학위원회 선정 SAT 추천도서 / 한국간행물윤리위원회 선정 권장도서
한국출판인회의 출판인이 선정한 100권의 도서

45 46 월든 1 ~ 2 | 헨리 데이비드소로

미국대학위원회 고교추천도서 101 / 미국대학위원회 선정 SAT 추천도서

47 48 1984 1 ~ 2 | 조지 오웰

〈타임〉 선정 세상을 움직인 책 100권 / 세계 3대 디스토피아 미래 소설
〈가디언〉 권장도서 / 〈텔레그라프〉 완벽한 도서관을 위한 권장 도서 100
뉴욕 공립도서관 추천도서 / 하버드 대학생이 가장 많이 산 책 1위

49 50 오페라의 유령 1 ~ 2 | 가스통 르루

대한민국 명사 101인의 대표 추천작 / 서울대학교 권장도서 100선
연세대학교 필독도서 / 미국대학위원회 선정 SAT 추천도서 / 〈가디언〉 권장도서

• 더스토리 초판본 미니북 시리즈는 계속 출간될 예정입니다.

옮긴이 **김소영**

경성대학교에서 일어일문학과를 졸업하고 현재 일본어 전문 번역가로 활동 중이다. 시나리오, 시놉시스 등 다양한 분야의 일본어를 번역했으며 역서로는 《모던타임즈》《도망자》《침묵의 교실》《여름 물의 언어》 등이 있다.

인간 실격 : 1948년 초판본 표지디자인

초판 1쇄 펴낸 날 2025년 11월 30일

지은이 다자이 오사무
옮긴이 김소영
펴낸이 장영재
펴낸곳 (주)미르북컴퍼니
자회사 더스토리
전 화 02-3141-4421
팩 스 0505-333-4428
등 록 2012년 3월 16일(제 313-2012-81호)
주 소 서울시 마포구 성미산로32길 12, 2층 (우 03983)
E-mail sanhonjinju@naver.com
카 페 cafe.naver.com/mirbookcompany
S N S instagram.com/mirbooks

• (주)미르북컴퍼니는 독자 여러분의 의견에 항상 귀 기울입니다.
• 파본은 책을 구입하신 서점에서 교환해 드립니다.
• 책값은 뒤표지에 있습니다.